호시절

호시절

김현 시집

창비

차
례

* 이 책에는 다음과 같은 곡이 흐르고 있다.
「고요한 밤 거룩한 밤」「사랑이 아니라 말하지 말아요」「시시콜콜한 이야기」「아껴둔 사랑을 위해」「여기 없는 노래도 있다」「울고 싶은 마음이 들면 스윙을 떠올린다」「임을 위한 행진곡」「정발산 송연우」「Amen」「Imagine」「The Water Is Wide」

제 1 부

안개

손톱달

여보
아버님 댁에 보일러 놓아드려야겠어요

가난한 당신이 따라 했습니다
소설이고요

창가에 신문 깔고 앉아 당신
한밤중 손톱 깎고요

나이 들수록 부모를 닮아가면서도
부모가 누군지 모르는 당신이

태어난 날 자른 손톱을
흰 새앙쥐가 물고 가면
사람이 태어나고
검은 새앙쥐가 물고 가면
사람이 죽는다는 말을 하였습니다

불 위에서

미역국은 끓고요
멀리에서 눈은 작게 시작하고요
하염없이
자면서도 이평리라고
고향을 말하는 당신 꿈나라 얘기

대나무로 활을 만들어서
이평리 눈밭에서 경섭이랑 토끼를 잡아먹었는데
천상의 맛
밤새 열이 나서 한숨도 못 자고
둘이 처음으로 했어

나는 처음으로
이평리에만 있는 토끼보다 이평리에만 있는 천상의 맛을
떠올렸고요
그다음은
한국 땅을 밟고 선
당신과 경섭이 얘기

둘은 남자로 태어나
아궁이도 없고 굴뚝도 없는 작은 집에서 함께
삽니다 도회지이지요
도회지 시민으로 둘은
투표하고 의료민영화를 반대하나
감염인이 되어
볕도 없고 빛도 없는 더 작은 집으로 이사하여
역시 삽니다 산꼭대기이지요
산꼭대기에서 둘은 개 한마리를 식구로 삼고
잘 키우다가 급할 때는 잡아먹습니다
아니요, 아니요, 둘은 개에게 말합니다
가, 멀리
우리에게서 도망가
이런 시시한 이야기를 하며
둘은 소형 아파트에서 달걀 세알을 풀어 만든 계란찜을
먹다가
듣습니다 탄핵소추안 가결
계란찜엔 하선정멸치액젓
당신이 밝은 것

경섭이 컴컴한 것
당신이 앞서거니
경섭이 뒤서거니
다 먹습니다

지난 이야기인지 지나갈 이야기인지 모르지만
듣던 당신이 듣던 대로 말했습니다
경섭인 너의 친구야
이제 당신은 부모가 물려준 손톱을
신문지에 돌돌 싸서
먼 곳으로 보낼 준비
미역국을 후후 불어 맛보고
싱겁네 말하고요
나는 늙어
입맛이 짜지면 일찍 죽고
싱거워지면 오래 산다 말했습니다

눈은 이제 가까이 와 있고요
당신이 눈 덮인 곳으로 개를 찾아 나간 사이

나는 창가에서 흰 손톱을
올려다보면서
속삭였습니다

여보
아버님 댁에 보일러 놓아드려야겠어요

지혜의 혀

자면서 눈을 맞았다
깨어보니
눈은 사라지고
손발이 천천히 젖어 있었다

부엉이는 내 눈을 가지고
어디로 날아가서
무엇을 보여주려고 한 것일까

책장을 혀로 넘길 때마다 물이 떨어졌다

여인은 달밤에
우물을 들여다보았다

지혜의 우물 속에
흰 부엉이가 알을 낳고
뒤도 돌아보지 않고 날아갔다
달은 하얗고

여인은 그 알을 길어올려
깨뜨려 먹었다
어리석은 자가 그 알을 키워 먹기 전에

여인은 달이 뜨면
홀로 총총 날아와
나뭇가지에 앉아 보았다
어리석은 자가 어리석은 자와
사랑에 빠지기도 전에
이룩할 수 없는 것을 약속하고
사랑에 빠진 후에
추락해서
칼로 그를 찌르는 것을
당나귀가 놀라 소리치고
어리석은 자가 무릎을 꿇고 앉아
기도를 올리고
어리석은 자를 깨끗이 먹어치운 후에
자신을 바라보는 어리석은 짐승을
여인은 아침이 오면

홀로 눈을 뜨고
침대에 누워 보았다
어리석은 자의 입속에 가득한
순백의 깃털을

책장을 손가락으로 넘길 때마다 촛불이 켜졌다

자는 동안
첫눈,
두그루의 나무가 있는 결혼식에 다녀왔다

신은
너희의 아래에 있고
너희의 앞과 뒤에
너희의 곁에
너희의 안과 밖에
너희의 위에 있다

촛불을 하나씩 끌 때마다

나이는 한살씩 많아지고
부모가 되거나 조부모가 되어서
공기도 좋고 물도 좋고 인심도 좋은 곳에
무덤 자리를 봐두었다
흰 부엉이가 알을 낳는 곳이라고 했다
무덤 속에서 지혜로운 자가
무덤 밖에서 어리석은 자이니라
은식기에 당나귀의 젖과 백설기를 담아두고
하룻밤을 자고 나면
그 모든 게 사라지고 없었다

죽은 나무와 죽지 않은 나무 사이에서
유가족들이 기다리는 곳으로 갔다

시를 한편 읽겠습니다

신은
너희의 아래에 있다
짓밟아라

검은 땅에 심은 보리 씨앗을 밟듯이

신은
너희의 앞에 있다
지팡이를 버려라
장님은 외나무다리 위에서도 추락하지 않고

신은
너희의 뒤에 있다
어둠 속에 그림자를 숨겨라
한낮에 숨바꼭질하다 감쪽같이 사라지는 아이들처럼

신은
너희의 곁에 있다
가장 더러운 곳을 닦는 막대걸레인 양
화장실에서 끼니를 챙겨 먹을 때에도

신은
너희의 안과 밖에 있다

집 잃은 개의 집을 부숴라
영원한 안식처가 되어줄 곳이 개의 네발뿐인 듯

신은
너희의 위에 있다
불탄 나뭇가지 위에
불탄 형상으로
눈동자를 빛내며
알을 품고
당겨라 방아쇠를
빗나가는 믿음으로 기도를 올려라

흰 부엉이가 물속으로 수백번 가라앉았습니다
거기, 가만히 살아 있습니까
해골이 알에서 나오고

책장을 넘길 때마다 혀를 내밀었다
우물 속에서
돌잔치에서 보았다

드디어 생일을 맞은 지혜 앞에서
죽음을 때때로 잊고 재롱을 부리는
한국 남자들의 미래를
손녀가 건강하게 자라서
슬픔도 없이 외로움도 없이 자괴감도 없이
광장에서 하야가를 부르다가도
한 남자와 사랑에 빠져
아이를 갖고
아이를 키우고
손녀 앞에서 재롱을 부리는 현모양처가 되기를
그러나 손녀들의 미래란
암벽등반을 하는 여자가 되어
약초를 캐며 사는 여자와 사랑에 빠져
축복의 진보주의자가 되기도 하는 법
그러나 어리석은가 남자들의 미래란
늙으면 죽어야지
술만 먹으면 남자와 손잡고
그날 밤 황홀한 시간을 잊을 수가 없어

노래주점에 가서
부둥켜안고
둥지를 틀고
새 된다
지저귈 땐 귀엽게

부모 살아 계실 적에 부모를 감사히 생각하고
아이의 아빠는 눈을 아이의 엄마는 입술을
그 아이가 지닌 것들 중 가장 아름다운 것이라고 말하였다

아이는
판사봉과 연필과 실타래와 청진기와 지폐를 앞에 두고
부모와 조부모와 부모의 친구들과 조부모의 친구들이
아무것도 보지 못하는 사이에
보이지 않는 것을 집어 들어
자신이 가진 가장 깊은 둥지 속으로 넣었다
여자의 미래였다
지혜롭구나 우리들의 아이란
신은

너희의 가장 나중의 것에 있다

하야하십시오.

울거나
웃거나

눈을 맞으며
지혜의 우물 앞에
촛불을 켜고
해골을 들고 서 있었다
해골의 혀를 쓰다듬으며
손을 녹였다

물이 떨어졌다
책장을 넘기는 부엉이 소리
썩은 물이 하나둘 퇴진하는 소리
사나흘 꿈 밖으로 나가지 않은 사람이 걸어나오며 말했다

꿈이 아니에요
부엉아,
이제 그만 내 눈을 물고 돌아오렴

◦사랑의 언어

남자는 문을 열고 떠났다
가지 마

남자는 손을 뻗었으나
가슴이 열렸다

새가 날아갔다
남자는 따라갔다

새는 종탑 위에 앉아
떨어지는 것을 보며 지저귀고

눈으로 그릴 수 있는 것은 눈으로 그리고 입으로 들을 수
있는 것은 입으로 들어라

가슴이 열린 남자는
쭈그리고 앉아 새를 보며 손짓했다

돌아와

남자의 열린 곳으로 눈보라가 세차게 들이쳤다

새는 한번도 아래를 내려다보지 않고
남자는 한번도 아래를 내려다보지 않았다

남자 속에 눈이 쌓이고 남자는 입김을 내뿜고 남자의 눈
동자에 성에가 끼고
남자는 가슴에 글씨를 썼다

들어와
새의 열린 곳으로 밤이 세차게 들이쳤다

검은 눈은 오랜 시간 내려오지 않고
검은 눈은 오랜 시간 내려오지 않았다

남자의 머리카락이 새하얘지고
새의 깃털도 그러했다

햇빛 찬란해서

녹을 것들은 다 녹고

저만치 흘러가는 것을
보다 못한 남자가 눈을 떨어뜨린 채 종탑 위로 오르고

새는 가만히 앉아서 드디어 위를 올려다보고
눈이 부셔서 말을 잃었다

가지 마
남자는 손을 뻗었으나

새는 녹았다
남자의 가슴이 흘러내렸다

남자는 따라갔다
남자가 문을 열고 돌아왔다

남자는
남자의 가슴에 눈을 대고 보았다

청회색 종소리와 겨울 빛
부드러운 살결

남자에게서 흘러나와 남자에게로 흘러가는
물

흰 참새들이 흐트러진 목소리들을 물고 와
남자의 입속으로 넣었다

남자가 마지막으로 입술을 움직일 때
남자가 가슴에서 눈을 떼고

남자는 창밖으로 내려앉는 것을
무심코 들었다

○ 창문과 깃털이 필요한 사랑도 있어요 흰 보자기로 얼굴을 감싼
연인이 서로의 입술을 찾지 못해 방황해요 그 좁은 얼굴에서 그
넓은 입술을 찾지 못하다니 둘의 얼굴에서 목소리는 점점 사라
지고, 이제 그들의 목 위에는 흰 보자기가 너울대는 소리만이 모
든 눈이 어둠 편에 설 때 늦은 밤에 북서쪽에서는

내가 새라면

걸어다닐 수 있겠지
겨울 갈대숲을

황량한 곳
정신이 깨끗한 손가락으로 턱을 괴는 곳

가끔 진흙탕에 발이 빠지기도 하고
삶이 진창이라는 것을
사랑하는 이의 어깨 위에서 알려줄 수 있겠지

어둠 속에서 진흙이 다 말라
떨어질 때
포르릉 사랑하는 이의 정신 속에 있는
진리의 나라로 날아가
갈대숲에 남기고 온 발자국을 노래할 수 있겠지

흙으로 만든 지혜의 징검다리와
그 사이로 몇번씩 개입되는 슬픔과
무리 지어 서쪽 하늘로 사라지는 고독을

부모는 죽고 죽은 부모가 살아생전 모셨던 믿음이 깨지고
그때
우리가 얼마나 불효자식들인지
당신이 옳아요
당신의 팔다리와
당신이 죽은 고양이를 그리워하며 흘리는 눈물이
그 고양이가 통째로 잡아먹은 당신의 새가

내가 새라면 날 수 있겠지
단 한번의 날갯짓으로
검은 비 떨어지는 창공으로 날아올라
추락을 살 수 있겠지

겨울 갈대숲
발자국 위에서 볼 수 있겠지
멀리
날아가는 한마리 새

○눈앞에서 시간은 사라지고 그때 우리의 얼굴은 얇고 투명해져서

두 사람이 걸어가는 것이다
그런 곳에서는

눈 쌓인 진부령을 넘어가며
멀리서 가만히
이쪽을
보는 것을 보았다

부모였다

민박이라는 글자가 붙은 창문
아래에서 반짝이는 것들은
도대체 무엇일까

어느 땐가 눈이 많이 와
저 숙소에 짐을 풀고
아이를 갖게 된 사람들도 있을 것이다

눈은 내리고

어둠 속에서 촛불 앞에 발가락을 모으고
두 사람은 두 사람밖에 보지 못하지만
끝없이 같은 곳을 바라본 후에
안도의 한숨을 내쉬고
그렇게 빤한 인생사를 시작했을 것이다

민박에서 해야 할 것을 하고
하지 말아야 할 것을 하지 않고
눈은 참으로 근사하여
멀리서 가만히
아무것도 없는 쪽을 보아서
슬픔에 눈을 뜨는 사람이 있고
그런 사람 때문에 탄생해
이쪽에 서 있게 되는 사람에 관하여

약속하지
남자는 말하고
약속할게
여자는 말하고

두 사람은 창문을 두 사람에게로 옮겨왔을 것이다

그 깨지기 쉬운 것을

이것이 부모의 사랑 이야기이고
부모에게서 만들어진 이의 사랑 이야기이다

민박하였다

터무니없게도
딱 한번 고개를 돌렸을 뿐인데

한 사람이 마침
나를 보게 되고

○ 눈보라 속에서 저기, 한 사람이 손가락으로 먼 곳을 가리키자 인종이 다른 한 사람도 아, 저기, 손가락으로 그곳을 가리켰다 두 사람은 그곳을 향해 걸어가기 시작하고, 한 사람이 먼저 말을 꺼냈다 천국이 없다고 상상해봐요 사랑에 관한 그 모든 말 끝에 하지만 나 혼자 이런 생각을 하는 건 아닐걸요 한 사람이 말을 이었다 눈보라 속에서 바람이 보이고, 나무가 보이고, 모든 게 선명해지고

진실하고 성실한 관계

그는 죽었다 살아났다

심연을 가늠할 수 있었지만
뒤늦게 그는
자신이 영혼을 잃어버렸다는 사실을 깨달았다

저 자신 깊은 곳 어디에서도
빛을 찾을 수 없었다

영혼은 어디로 가버린 걸까?

그는 자신이 죽어 있던
병원으로 갔다

어둠으로 성실한
식물인간들을 꼼꼼히 살펴보았다
손으로 만질 수 있는 것은 손대지 않았고
보거나 들을 수 있는 것은 보지 않고 듣지 않았다
걷는 일도 삼갔다

영혼을 탐구했다
인간의 눈에 드리워진
오랜 시간이었다

마침내
그는 백발이 되어서
한 사람의 눈동자에서
잃어버린 영혼을 보았다

그에게 말을 걸었다
이야기했다
모든 헤어짐에 관해서
시간을 되돌리며

심장에서 멀어졌던 그가
그의 입과 코에 붙은 것들을 떼어냈다
물이 떨어졌다
진실로
그는 숨을 들이마시고 내쉬었다

흐리고 진하게

그는 그의 곁에 누워
눈을 감고
영혼을 기다렸다
시간이 멈추기를

검붉은 손이 침대 밖으로
떨어졌다 창 너머
잎사귀 한잎
짧은 입맞춤

그는 병원을 빠져나갔다
영영 돌아오지 않았다

◎ 그녀에게 들려줄 만한 몸을 썼어요 그녀를 안심시킬 수 있는 손에 관해서죠 그녀는 당신을 만질 수 없고 당신을 느낄 수도 없지만, 그녀에게 몸이 있다면 당신의 영혼을 바칠 수 있을 테니까요 들을래요? 거짓이라도 듣지 않을래요? 사실상 사라질래요? 진하게 한모금 나타날래요? 흐리게 한잔

조국 미래 자유 학번

계속해서 생각 중 너
왜
사각팬티를 입고 침대에 걸터앉아 있는가

지혜로움과 어리석음이라는 두 다리를 가지고서
안개 속에서 시작하고 안개 속으로 끝나는 머리를 들고서
헛된 인간에 대해서도

너
미치겠고 아파 죽겠지
배가 나오고 팔다리는 마른 조선 사람

조국의 미래를 쓰느라 수고가 많다
인간적인 사람으로 잘못 살았다
더는 좋은 사람이 되지 말고
더는 나쁜 사람이 아니어서 죄송합니다
보아라 저기 조국을 생각하는 인간의 기상을
그런 말도 쓰느라
헛되게 살았으나

너만은 아니다

승훈아, 어젯밤 전화 고마웠다

며칠 전 송년회에서 정시인은 이러했다
너 걸레인 거 다 안다
저 인간적인 새끼 지옥
한때는 서정적 자아를 자주 생각하던
남자 인간의 중년이란 얼마나 똥배인가
나 같으면 자살
그래도 먹고사는 게 중요해 투표하고 민족을 생각하는
너도 조국의 미래였으나

그런가 하면 어젯밤에는 자유를 원하는 학번을 만나
그놈의 자유가 대구포와 군만두보다 나을 게 뭔지에 관하
여 이야기를 나누다가
얼어 죽을 학번 떼고 붙자
너의 학번도 조국도 미래도 없는 자유 오직 내 자유에 투
신하여

오늘날 나라 꼴이 이 모양이 되었다고
들었다

이런 학번도 있었다
나는 자유라는 말이 싫어 자유라는 말이 지겨워 자유가
뭐니 자유가 뭔데 대구포를 초장에 찍어 먹을 자유 군만두
를 간장 없이 먹을 자유 체위를 바꾸고 싶어 자유
나는 4번까지밖에 몰라
너 같은 유부남 유부녀들이 쌔고 쌨다
아멘

어쩔 수 없이 모든 학번이
독재자의 딸
말을 화두로 삼기도 했다

누구도 이름을 제대로 입에 담지 않았다

존나 웃겨 자유
산 자여 따르라 노래할 때

크리스마스이브였다

형 어디예요

기도해주세요

기도합니다

조국과 미래와 자유와 학번과 크고 진실된 슬가

이런 식으로 시는 끝납니다

다들 살아 있을까요

메리 크리스마스 숙취 해소 컨디션

고객님! 오늘 역사의 심판을 배달할 예정입니다

◈ 오늘 쓰는 시는 진정성을 폭발시켜보겠습니다

마음과 인생

1

애,
저기 구석에 앉아 있는 애는 누구니

희잖아
희
응
걘 작년에 죽었잖아
그러게 죽지도 않고 또 왔네

2

희는 썼다

개강총회에 가고 싶다
가서 쓸쓸하게 앉아 있다가 오고 싶다

그래서
희를 보냈다

희는 개강총회에 가서
아는 얼굴이 있나 보았는데
모두 아는 얼굴이었다

다들 그대로
늙었구나

포기할 건 포기하고
몹쓸 걸 많이 먹고
제대하고 돌아온 복학생들처럼 더러워졌구나

희야
그런 씁쓸한 얼굴은 집에 두고 와야지
어디까지 가지고 와서
이래

이런 말을 해주는 사람은 없고
희는 혼자
자신이 저주받은 학번인지 아닌지 생각한다
고로 존재한다

복학생 선배는
대학원에 와서도 상명하복으로
빤쓰를 내리고

지도교수 앞에서는
별다른 이유도 없이 차렷할까

박교수도 그래
지가 지도교수면 지도교수지
우리가 이삿짐센터 직원은 아니잖아

김교수도 그래
문학상 심사 보는 게 무슨 벼슬이냐

희야
선생이 권력이야
선배 그 냄새나는 얼굴 좀 치우고 말해요
너는 선배 알기를 우습게 아냐
어린 새끼가

어린 희는
개강총회에서 생각했었다

개강총회는 왜 하는 걸까

다 고만고만한 것들이
무슨 큰일이라도 하는 듯이

희를 앉혀놓고
95학번 선배는 말했다

등록금삭감투쟁에 관해 어떻게 생각하느냐
너는 자본주의의 노예냐

시가 뭐냐
어리고 무식한 새끼구나 너는
신입생입니다 저는

그 선배도 이제는
배가 나오고
아들딸을 낳고
아내 보기를 돌같이 보고
동창들과 동남아로 가서 어린애들과 쓰리썸 할 생각

그런 생각을 가지고
희
너는 왜 매년
개강총회에 오는 거니

같이 망해가는 꼴을 봐야지

3

희는 쓰다 말고

두 손을 모으고
눈부시게 환한 곳을 올려다본다

너는 내 눈을 너의 거울로 쓰는 것이냐
전체가 보이느냐

희는 자신의 전체를 본다

어머니
인류를 거두실 때도 되지 않았습니까

희야
그런 냄새나는 얼굴은 집에 두고 와야지
어디까지 가지고 와서

4

이래
희는 썼다

축제에 가고 싶다
중앙 분수대에서 말해줘야지

선배들은 미래에도
다 그렇게 고만고만하게 살다 죽어버려

그래서
희를 보냈다

5

영원한 친구

시네마

그의 집에서 강령회가 열렸다
죽은 자와 대화했다

당신은 가까운 미래에 죽게 돼

죽은 사람의 목소리는 이런 소리로구나
알아들을 수도 없고
촛불이 꺼졌다

그는 자신의 집에서 가장 어둡고 빛나는 것을 꺼내 왔다
메시지였다

당신은 어느 겨울밤 조용히
상영됐다

"미안하지만 조금 더 살아 있는 얼굴을 해볼래요"

사랑을 맛보는 혀는 어찌나 붉은지

그것이 알고 싶다

밤마다
넣고 빠진다

부부는
믿음을 위해 체력을 단련한다

가난하고 건강하게 오래 살자
개도 없이 고양이도 없이
어항도 없이 화분도 없이
아이도 없이

진실로 먹고살 만하면
거리의 동물을 돌보고
남의 아이에게 덕담과 지전을 건네주고
삼촌들은 같이 살아
부부는 정기적으로 동성 캉캉

믿습니까
믿습니다

생명을 만들지 못하면서도 생명력을 쓴다

대홍수 속에서 살아남은 자와
대지진 속에서 살아남은 자가 한집에 살았나이다

물이 많은 사람과 흙이 많은 사람이 자꾸 몸을 섞어
집 안이 온통 진흙투성이였나이다

그 진흙 구덩이 속에서 꽃이 피고
두 사람은 그 꽃을 애지중지 길렀으나

어느날 사람이 되어
대벼락을 맞고 꽃은 죽었나이다

오늘 죽이지
오늘 죽이는데

신께서 칠흑 같은 어둠 속에서
밤의 일이란 그렇고 그런 거라고 말하는 사이
부부는 서로의 뱃살을 덥석 깨물어주고
등을 돌리고 기도한다

우리가 또한 이토록 저질이나니 이 저질 속에 복됨이 있
음을 믿나이다

나를 믿어서 너를 믿지 못하고 있다

부부는 일어나 양치하고
혀를 길게 빼고
자정이 넘어 조용히
분류하러 가는 부부를
끝으로 본다

한 사람을 종이류 자루 속으로
한 사람은 공병류 자루 속으로

넣고
빠진다

끝

우리 얼굴은 어떤 근원의 한 가지일까

가지를 보면
가지의 기쁨보다
가지의 슬픔을 먼저 만지게 된다

당신은 가지를 좋아하고
나는 가지를 좋아하지 않는다

삶은 이렇게 단순하다

가지는 그런 색으로
흔들리고 있다
꽃도 없고 잎도 없이
어둠이 깊숙하다

당신은 물컹거리는 저녁의 식감을 입에 대고
나는 가지에서 떨어진 것들을 저녁에 보고 싶다

삶은 이렇게 복잡하다

가지는 그런 물질로
뭉쳐졌다
피고 지는 것도 없이
검은 하늘
도마 위에 놓여 있다

당신은 가지를 삼키다가 창밖으로 몸을 던질 수도 있고
나는 언제든 가지를 식단에서 뺄 수 있다

삶은 이렇게,
접시 위에 담겨

보라색이 사라진 가지를 보면
가지는 살아 있고 죽은 것 같다
가지 보다 얼굴이 무겁다

당신은 먹고 자다 말고 씨발 새끼야, 욕하고
나는 그 욕 먹고 아무래도 가지를 생각한다

가지는 하얗고 가지는 노랗다
그 색은 기쁨에 가깝고

당신은 내 위에 올라타서 목을 조른다
사랑의 민낯을 나는 좋아한다

꿈속에서
수루룩
가지가 부러졌다

슬픔

1

푸른 지붕 위에 눈이 소복이 쌓여
붉은 혼령은 집 밖으로 나오지 못하고
산 사람들과 먹고 자고 먹고 잤다
산 사람들은 그것을 여자라고 불렀다

2

떠나가는 길이었다
기쁨의 입구에서 멀리
창밖에는 논과 밭
마소가 서너마리
철수가 영희의 어깨에 머리를 기댄 채
죄를 지었다
영희가 철수의 떨리는 얼굴에
손바닥을 올리고
한날 눈이 끝없이 내려

마음의 마소를 끌고 여자는 남자를 찾아가
눈이 오지 않는 땅을 보여달라고 하였다
남자는 여자의 마소를 축사에 가두어두고
여자를 흙으로 덮었다
여자는 남자의 땅에서 마소의 울음을
하염없이 들었다
자신의 마소에 가까이 가지 못하고
이름을 되뇌었다
마소가 늙어 남자의 밥상에 오를 때에도
남자는 여자를 평생 사랑하였다고 믿었으나
여자는 남자를 남자의 땅에 묻고
모든 것을 불태우고
새 집을 짓고 새 여자들을 들이고
마소 없이
자신들이 밭을 갈아엎고 보리 씨앗을 뿌렸다
여자의 땅이 되었다

3

도착하여
철수와 영희는 수레를 끌고
황무지로 향하였다
한때는 누군가의 기쁨이었을 곳이었으나
이제는 아무도 살지 않는 곳에
그 땅의 끝에 푸른 지붕을 가진 집이 한채
철수와 영희는 수레를 집 안 한구석에 두고
창문을 활짝 열었다
물은 나오고 전기도 들어와
철수는 치마를 벗고
영희는 브래지어를 푼 뒤
몸을 씻고
사랑을 나눈 후에
서로의 녹슨 부위에 동백기름을 칠해주었다
잠이 들고

4

기쁨이 있었다
숲 한가운데에는 시간의 샘물이
그 물을 마시면 마소가 될 수 있다는 전설
철수와 영희는 아침마다 그 물을 마시고
붉은 약초를 캐러 다녔다
약초 한보따리를 시장에 나가 팔면
일흔일곱개의 동전
동전 네닢으로 옅은 안개와 원고지를 사고
세닢으로 토마토와 새우와 후추
나머지는 아름답지 않은 것들을 위해 썼다
하루는
철수와 영희가 약초를 캐러 가지 않았는데
영희가 뿔이 나서였다
철수는 뿔이 난 영희를 위해 소먹이를 준비하였고
노래를 불러주었다

그 꽃은 우리의 것이 아니야

그 풀은 우리의 것이지

그 꽃은 나타나는 것이 아니야
그 풀은 사라지는 것이 아니지

그 꽃은 기쁨을 위한 것
그 풀은 슬픔을 위한 것

뿔이 난 영희는 철수의 목소리를
다 먹고
자신의 뿔을 하나 떼어
철수의 머리에 붙여주었다

5

여자의 땅에서
여자들이 시퍼렇게 눈을 뜨고 있었으나
보리 씨앗이 사라지고

불이 나고
때때로 여자들이 하나둘 사라졌다
때때로 아기들이 하나둘 나타났다
머지않아
여자들은 푸른 지붕 아래 모여
숨죽인 채 살았다
엽전 항아리에 담긴 엽전이 다 떨어질 때까지
여자들은 말하기를 계속하였다
도둑이야!
불이야!
살려주세요!
눈이 끝없이 내려
푸른 지붕 위에 쌓이고
여자들은 하나둘
괘종시계 뒤로
옷장 속으로
바늘구멍으로
항아리 안으로
책과 책 사이로

들어가 벽을 보고 앉았다

6

한밤에
흰 벽에서 나는 소리를 듣고
철수와 영희는 잠에서 깨어
사다리를 들고 황폐한 곳으로 갔다
얼마 남지 않은 기쁨으로 사다리를 세우고
검은 눈을 밀어내었다
밤의 내면이 푸르러지고
철수와 영희는
음, 메
하고 소리 내었다
읽어볼래?
영희가 철수에게 물었다
철수가 영희의 원고지를 시간의 샘물에 담갔다 빼자
안개의 색이 짙어졌다

살려주세요 대신
꺼져버리라고 하는 게 좋겠어
여자들은 푸른 지붕 아래 모여
약탈자들에게 활을 겨누었다
약탈자의 오른손과
오른발이 떨어져나갈 때마다 여자들은 거친 숨을 몰아쉬며
차분하게 엽전을 세고
아이들이 말하기를 계속하게 하였다
철수와 영희는 마침내 기쁨의 미소가 되어
자신들의 땅을 스스로 일구게 되었습니다

7

꺼져라, 지옥의 개들아
숲에서 쫓겨난
철수와 영희는 서로의 입술을 믿음 삼아
다시 시작해보고자 하였다
수레에

괘종시계와 옷장과 바늘과 항아리와 책과
잉크와 원고지, 활과 화살과
약초를 싣고
둘은 하염없이 걷고 또 걸어서
슬픔의 황무지로 향하였다
다시 기쁨을 일구고 마소가 되기 위해서

　8

영희는 철수의 얼굴에서 손을 떼고
철수는 머리를 들어 영희를 보았다

끝없이 달려가는 현대의 열차 안에서
철수는 영희를

겨울은 따뜻한 과일이다

그녀는 아빠가 되는 삶을
꿈꾸었다

아빠란 모름지기 가정으로 과일을 가져가는 사람
그런 사람이란 모름지기 겸손한 아버지

그녀는 오렌지 한개를 사 들고 간다
전기도 없고 물도 없는 단란한 가정으로

고향에서 소젖을 짜던 부모와
선산으로 가는 아름다운 길을 생각하며

그녀는 식탁 위에 쌓인 것을 본다
오래전부터

뼈와 살
먹을 게 없어서 이런 걸

아내가 그녀에게 다가와

짧은 삶을 속삭인다

발은 시리고
걸레질하다가 슬픔에게 손을 내밀고 잡아먹었어

오렌지는 따뜻한 과일일까
차가운 과일일까

그녀는 무릎을 꿇고
아내의 무덤 같은 배에 입술을 붙이고

믿음을 권한다
오렌지는 따뜻한 과일이다

그녀와 아내도 한때
작은 손과 발을, 부모를 가지고 있었으므로

그리고 그녀들은
참정권을 가졌다

저 흉한 걸 치워버리자
그녀가 올려다보며 기도하자

아내는 내려다보며 눈을 감았다
내일은 아름다운 것이 눈 녹듯

가장 큰 행복

금요일 저녁이었습니다
퇴근하고 집으로 돌아와 깜박
잠이 들었습니다

꿈은 참 길지요

어제는 치킨뱅이에서 회식을 하였는데
이사님을 향한 나의
손가락 하트
노래방에서 갑자기 늙어버렸다는 생각
택시를 탔다가 내렸다가
신발을 잃어버렸습니다

말수가 적어졌지요

당신은
목욕하고
내게 꿈 깨라 하지 않고
앞니가 아파서 먹을 수 없는 것과 먹을 수 있는 것을 들려

주고
　밥통에 밥이 다 말라서 먹을 수 없다 하였습니다

　우린 아직 젊고
　버려질 수 없기에
　당신의 앞니를 걱정했습니다

　일어나
　당신과 마트에 가서 밥 사 먹고
　매대에 놓인 팬티를 사서 커플 팬티로 삼자
　순두부와 가자미와 영양부추를 사 왔지요

　남자들에게도
　평범한 행복이란 이런 것이고

　잠들기 전까지
　나는 유대인이었고 그는 동성애자였다
　옛날 소설을 읽어야지 하다가
　우리 섹스 할까 말했습니다

눈에 보이지 않아도 금이 간 건 깨지기 마련

초복은 내일모레이고
당신은 삼계탕도 먹을 수 없는데
그제야 서울은 장마권에 들고
가는 빗방울이
밤의 실금처럼 보였습니다

힘없는 당신에게
어젠 아무 일도 없었습니다

이불 속에서 나는
성소수자 부모 모임에 관해 조잘거리고
당신의 힘을 기다리다가
꾸벅꾸벅 꿈이 들이쳐서
창을 닫고 잠이 들었습니다

멀리 있나요
거긴 괜찮나요

이곳에서는
백순두부탕이 끓고
밀가루 묻힌 가자미를 기름에 지지는 소리
부추에 멸치액젓 한 큰 스푼 고춧가루 약간 설탕 조금

좋은 시절은 다 갔다고 말해도
당신의 무사한 앞니가
오늘날 가장 큰 소망입니다

제 2 부

푸른 화병

펜팔

영원이라고 썼다

우린 만난 적도 없는데
그해 여름은
우리가 가졌다

미라보 다리가 놓인
편지지는 늘 작고 아득해서
나는 밤새 서성였다

할 말을 다 하지 못하고
하지 말아야 할 말을 써서 보냈다
말괄량이 철부지

그런데도 여름의 시간은 또 무한히 남아돌았다

인간이 뭔가를 돌이킬 수 없이
망치고 있다는 생각

한낮에는 잠에 빠져 서 있고
한밤에는 잠이 오지 않아 누워 있었다
세상 모든 책을 펼쳐놓고
꿈에서도
보고 싶었다

너는 내가 여자인 줄 알지만

너는 내 가슴
이 느낌
비를 뿌렸다

그 소리 때문에
나의 거짓됨 밖으로
초록이 드러나서
나는 적었다

분명해 우리는

너는 무서워했다

두번 다시 오지 않았다

블루

당시
정체를 알 수 없는 병에 걸렸던 화가는
블루가 자신을 구한다고 믿었다

이제 와 보니 그 병은
에이즈였다

에이즈에 걸린 화가는
자신의 몸을 캔버스로 삼았다

낮에도 밤에도
그의 몸은 한없이 블루
그럴수록 몸에서는 검붉은 반점이 딱딱 피어오르고
그럴수록 그는 더 한정 없이 블루
사람들은 그에게 점점 더 많은 돈을 지불했다

블루가 자네를 살아 있게 하는군
그는 무명에서 벗어나
전위적인 예술가로 불렸다

피를 토하고
그 평화가
블루 속으로 침투할 때마다
그는 최선을 다했지만
죽었다

블루 속에서
블루로 뒤엉킨 욕조 안에서
블루로 뒤덮인 궁둥이와 목선과 뒤통수
블루가 흘러넘쳐서 온 집 안이

그를 모르는 사람들이
그를 뒤집어
들것에 싣고 나갔다

새파란 눈동자로군
아주 새파란 눈동자야

그는 멀기도 멀고

알 수도 없는
검은 곳에 묻혔다

그의 자화상들만이
가깝기도 가깝고
알 수도 있는 밝은 곳에 걸렸다

그는 산 사람들을 지켜보았다
눈을 감을 때도 되었는데
자꾸만 눈을 감았다
떴다

세계가 이토록 파란 것이었다니

그와 눈빛을 주고받은 적 없는 비평가들이
그의 삶과 예술을 재조명했다
그를 버렸던 사람이
그의 일기장을 구해 와 돈 받고 팔았다

아무도 그의 눈을 보지 못했다
그의 앞에서
한 사람만이
그와 눈을 맞췄다
블루 속에서 자신의 고유한 질병을 발견하고
그에게 감사하며
은빛 동전을 그들 손에 쥐여주고
일기장을 품에 안고 나와
새파랗게 추운 거리를 가로질러
눈보라 속
집으로 갔다
추위와 굶주림과 기쁨이 기다리는
계단을 쓸고 닦고

블루
  블루
    블루
      한밤

그의 모든 자화상이
동시에 영원히
눈을 감았다

당신은 아무것도 보지 못했다

오직 한 예술가만이
빗자루를 세워두고
품에서 일기장을 꺼내
기록해두었다

먼 훗날
그도 병에 걸려 죽었다

그의 이름이
그 유명한

강성은명과 [⊘]

이상한 단지 속에서

하얀 과자 속에서

부스러기 속에서

꺼내 먹는

이번 삶과

이전의 삶과

아직 오지 않은 삶

그런 삶을 읽고 쓰는 삶

몇번의 겨울이 오고 가고

몇번의 눈물이 오고 가고

몇번이나 잠이 들고 깨고

그동안 하루가 오고 가고

죽었니 살았니 묻던 아이가

죽어서

살아서

아이를 낳고 그 아이가

죽었니 살았니 묻는

이번 꿈과

이전의 꿈과

아직 오지 않은 꿈

그런 꿈을 읽고 쓰는 꿈

몇번의 빛이 오고 가고

늙어버리는

♌ 돋보기를 들고: 노파는 꿈의 과자를 먹으며 생각에 잠겼다 과자를 먹을
수 있는 겨울은 이제 단 한번뿐 노파는 손가락을 자신의 입속에 넣고 얼
마 남지 않은 이를 매만졌다 잠들었다 노파는 이야기를 시작했다 노파는
꿈의 과자를 먹으며 생각에 잠겼다 과자를 먹을 수 있는 겨울은 이제 단
한번뿐 노파는 손가락을 자신의 입속에 넣고 얼마 남지 않은 이를 매만졌
다 과자를 먹을 수 없는 겨울이 온다면 그 겨울은 겨울일 수 없지요 한 아
이가 벽에 귀를 대고 엄마에게 소리쳤다 여기 누가 있어요! 노파가 밖으
로 손을 내밀어 아이를 꿈속으로 쑥 끌어당겼다 쉿! 노파는 아이에게 꿈
의 과자를 건네주고 이야기를 계속했다

성십자교회 장미원

내 심장을 조국으로 보내주세요

말없이
그가 누운 새하얀 침대 곁에
청색 새들이 가득했다
보이진 않아도

여인은 남자의 목소리를
가슴속으로 넣어
버렸다
손을 잡았다
당신은 몰라도 난 당신의 것

새들이 날아가요
그는 한 손을 허공으로 뻗었다
푸른 빛이
그의 이마와 뺨과 하얀 마음으로 떨어졌다
죽음의 속삭임은 가볍고
부드러워서

그는 보자기로 얼굴을 감싼
연인의 거친 피부를 떠올렸다
다가와
심장이 뛰는

마지막으로 무엇이든 연주해주세요

그는 검은 악기에 담긴 것을 보았다
눈물이 마르면 참회의 빛은 어디로 가는 걸까
입술에서 맴도는 이름이 있고
영혼을 보여줄 수 있다면

여인은 흙이 든 은배를 들고 와
그의 손에 흙을 쥐여주었다
그가 태어난
돌아가야 할
야생딸기 넝쿨과 숲이 끝나면 나타나던
목조건물
모차르트

나무 한그루
바람에 날아가던 챙이 넓은 모자
구름과 악보
어머니, 불쌍하신 나의 어머니
안아주소서

한줌 흙이
깃털 수북한 바닥으로
떨어져내렸다

사랑은 늘 뒤늦으리
문을 두드리고

여인은 가슴에서
목소리를 꺼내
불길 속으로 던져버렸다
검은 악기를 닫았다
문을 열었다
흐릿한 것이 너울거리고

그걸 깊은 슬픔이라고 말하지 않을 이유가 없었으나
여인은 그를 문전박대했다

◉ 장미를 보냅니다 한송이는 그의 완성된 원고이고 다른 한송이
는 그의 미완성 원고입니다 향기가 진해 저는 한동안 사람도 아
니고 유령도 아니고 그저 흐릿한 무언가로 지내야 할 것 같습니
다 흐릿한 것에서 떼어낸 시간도 동봉합니다 친애하는 쇼팽 씨
당신은 심장을 가지고 계신가요? 제 심장은 검은 악기에 담겨 장
미원의 마지막 장미나무 아래에 안치되어 있습니다 지나치게 많
은 사실이 망치는 것도 있어요 곧 뵙게 되길

우리의 불

눈이 하염없이 오는
전형 속에서
두 노인은 손을 잡고 앞으로 나아갑니다

뒤에 남겨진 자식들이
먹어야 할 양식을 축내지 않기 위해

이것은 과거겠습니까 미래겠습니까

남겨진 딸과 그 딸의 아내가
집 안의 모든 빛을 밝힌 가운데
부모가 걸어갔을 방향을
지도에 표시해보는 겁니다

이곳에서
두 아버지는 손을 놓지 않고

이곳에서
두 아버지는 숨을 돌린 후에

이곳에서
두 아버지는 세대를 생각하며
우리에 관해 이야기하겠지

두 노인은 과연 그곳에서 말하기 시작합니다
동굴 속에서 불 밝힌 후에
한 이불 속에서

우리가 이룩한 것이 있다면 우리가 무너뜨린 것이 있지

너희의 가정 속에 너희의 목적이 있으며
너희의 목적 속에 너희의 미래가 있음을

과연 그 미래에 남겨진
딸과 그 딸의 아내가 말을 하는 겁니다

옷을 단단히 입고
빛과 지도를 챙긴 후에

헤치고 나아가는 거지
저 전형을

두 노인은 누워서
동굴 위로 어른거리는 그림자
부모를 떠올려봅니다

메밀꽃 필 무렵
야시장에 다녀오는 길에 소고기 한근을 가슴에 안고
아버지가 들릴 듯 말 듯 한 목소리로
저만치 가는 어머니를 할멈, 할멈 하고 부르더군
아버지, 어머니가 보여요
내가 물으니
아버지가 묻더군
너는, 어머니가 보이니

네, 저는 어머니가 보여요
그럼, 나도 보이는 거겠지

처음이었고
메밀밭을 지나며 속으로 어머니, 어머니 불러보았지

한번은 한밤중에
어머니가
잠든 나와 형을 깨워서는
달이 떴으니 메밀밭으로 가자 말씀하시는 거야

말씀이 있으니 말씀을 따르되

어머니
우리는 무얼 해야 하나요 묻자
어머니가
거기에 불을 붙이면 된다
나와 형은 거기에 불을 붙이고
메밀꽃이 지천인 곳에 가만히 서 있었지
어머니가 우리의 불을
그곳에 넣고 하늘로 날려 보내는데
거기에 넣은 우리의 불이

저렇게 가볍고 높을 수 있다니
나와 형이 감탄하는 가운데
어머니가 아버지의 지복을 빌자,
형이 먼저
조용히 집으로 향하고
그다음은 내가
영영 어머니를 그곳에 남겨두고
다리를 건너며
형이 말했지

아버지에게는 말하지 마
형, 저길 봐 우리의 것이 아직도 올라가고 있어

두 노인은
자신들의 부모 이야기를 마치고
평화롭게 서로를 부여잡고
눈물보다 먼저 다가온 것을 흘린 후에
오늘따라 팔다리가 앙상해
대재앙은

춥고 어두우니까

여기 발자국이 있어요
저기, 저 산
호랑이가 나올까요
호랑이는 밤에 움직이지 않아
귀신이 나올까요
귀신은 사람 앞에 나타나지 않아
그곳은 어딜까요
우리에게 방향이 있으니까
그곳은 암흑천지겠죠
우리에게 불빛이 있으니까
여보, 우리에게도 자식이 있었다면……

두 노인이 잠들기 전에
두 여인이 산을 오르고
산 아래 가축들이
하나둘 불에 타고
검은 연기가 흰 것들을 뚫고 올라

끝도 없이 죄를 짓고
아직

잠에서 깨어난 이는 아무도 없으나
작은 재앙의 해가 떠오르고

그 동굴에는
산 사람도
죽은 사람도
없습니다

장안의 사랑

천사는 너무 길다

장난꾸러기 천사들이 모여
장안의 사랑을 두고 내기하였다

저 아래
두 사람이
사랑에 빠지는지 보자

(브루크너 「교향곡 제1번」 C단조 작품 101 I. Allegro)

사랑하는 두 사람이
작은 칼을 품고
잔존하는 사랑의 나무로 갔다

자연 앞에서
한 사람이 뒤돌아서고
한 사람이 칼을 꽂았다

꿈이었다고요?
그게 마지막

한 마을에 할 말을 잃은 사람이 살았대
이야기는
됐다

생각의 꾀꼬리를 사냥한 사람들이 한밤에 모여 앉아
생각에 잠겼다

그이는
어쩌다 꿈 다음에 할 말을 잃었을까

사람들은 생각 속에서
동이 트는 것을 보고

마침내
그가 우리 안에 있다
사람들은 그 사람을 찾아낼 생각

묻고 싶었다

우리를 이 지경으로 만든 사랑에 관해서
그러나 모두 꿈나라였다

오직 말을 잃은 사람만이 깨어 있었다

두 사람은
그렇게 나무에 서로의 이름을 새겨놓고
침묵의 자물쇠를 채웠다
이런 것이었다

뜨거운 불구덩이
시커먼 무쇠솥이 있고
들끓는 것
연옥의 생활이 있는
너와 나의 한그루 꿈나무
멀리에서 보면 인간
가까이에서 보면 짐승

우리는 짧은 것을 원하고
획일적인 것과는 거리가 이십이 센티
날개와는 거리가 멀고
다리와는 친한 사이
죽는 날까지 아니 죽어서도 영원히
피 흘리는 나무
확신하는 나무
노래하는 나무
할 말을 잃은 사람들의 머리 위에서
한마리 뱁새가 지저귀었다

눈매가 가느다란 사람이
강 언덕에서 노래 불렀네

배를 타고 사라진 왕국으로
비가 오는 비단을 팔러 간 연인을
그리워하였네

그 순간에도

연인은 삼등 선실에서 비를 맞고 있었네
날개가 젖은 새를 품에 안고
살려보려 했으나
연인의 불꽃은 꺼진 지 오래

뱁새 한마리가
연인의 눈매를 물고
강 언덕 사랑의 나무로 갔네
거기 잔존하는 곳으로

저걸 나누어 먹자
두 사람이 작은 칼로
털을 뽑고 뼈를 바른 후에
호로록 그걸 절반씩 먹고
맹세하였다

장안으로 비단을 실은 배가 한척 들어오고 있었다

이겼다

장안에 장난꾸러기 천사들이
내기에 진 천사를 두고
비가 오는 비단을 구경하기 위해 날아갔다

날개를 빼앗긴 천사가
사랑의 나무 위로 올라가
장안을 둘러보았다

이제 늙은
두 사람이 너무 길다
긴 부리로 서로를 아껴준 후에
함께 무쇠솥으로 들어가
잠이 들었다

아래를 내려다보자
한 남자가 작은 칼을 들고
자신을 올려다보고 있었다

이겼다

디트로이트와 디트로이트

두 사람은 각자의 디트로이트를 가지고 있습니다

그의 디트로이트는
함정

그곳에서 둘이 살았다
불빛 찾아볼 수 없는
먼지 구덩이
극장에서
매일 밤
영화를 상영하고
관객은 오직 둘
월로 씨가 등장하면
웃기고 슬펐다
둘에게는 휴가라는 게 없으니까
헛것을 보고
참된 것을 읽고
둘은 오래 살고
어디에도 살았으니까

이 세상은 기쁨

믿어요

그게 아니라면

불멸을 견딜 수 없어

그게 아니라면

이런 대화는 끝이 없지

아저씨, 지구가 멸망하면 우리는 어떻게 되는 거예요

별이 되지

아이가 되는 거로군요

밤마다

둘은 극장을 나와

오랫동안 걸어

피에 굶주린 사람들을 사냥해

빨아 먹고

신나고 배부르고

별이 떠 있을 때 돌아가

극장으로

윌로 아저씨가 기다리는 곳으로

새벽 공기는 차고

붉은 입김을 내뱉으면서
둘은 노래하지
우리는 너무 오래 산 아이들일 뿐이야
그분도 우릴 내려다보고 있으니까
아이들은 언젠가 집에 도착하지
이를 닦고
잠옷을 입고
커튼을 치고
껴안고 잠이 들지
꿈은 없고
빛은 저 멀리

그의 디트로이트는
속임수

눈을 뜨자 사방에 빛이 있었다

빛나는 곳으로 왔구나
우리 얼굴은

너를 깨우려고 보면
너는 해골바가지 돼 있고
그렇다면 나도 해골바가지
우리는 두 해골바가지

해골바가지들은
어둠 속에서도
빛 속에서도
죽을 수 있고 살아남고
아침에도 사랑을 나눌 수 있게 되고

일어나봐
빛이 있을 때 넣어보자

너는 흔들려도
일어나지 않았다
굳게 닫혀서

나는 문을 열고
영사기를 돌렸다
두 해골바가지가 해변에서
녹색 광선을 쬐고
수풀 속에서 사랑을 나누는 한 장면을
헨델, 세르세, 나무 그늘

잠든 너를 끌고
빛이 가장 빠르고 늦게 드는 곳으로
그분도 우릴 올려다보고 있으니까

—들어봐
들려?
—보이지
보여?
—맡아봐
아침이야
—빛이야
침묵이 아니야

─이런 잠꾸러기
어서 눈을 떠
─먹고살아야지
발가벗고 있어
─뼈를 봐
뼈에서 솟는 기체를 봐
─아, 진실한 연기
불타는 냄새
─너도 나도 언제 이렇게 늙었을까
넣어봐
─가만히 있어
내가 부드럽게 움직여볼게
─엉덩이에 뼈밖에 없구나

해골바가지들은
땅속에 있었다
오직 둘만이 살아남는
슬프고 웃긴

두 사람은 이런
각자의 디트로이트에서
검은 머리 파뿌리 될 때까지 삽니다

마침내 두 남자는 가졌습니다

사랑의 정신

큰 개였다
흰 개였다

마음이 똥인 개였다
똥 묻은 개였다

개가 문을 두드렸다
나와 같이 살고자 했다
같이 살기로 했다

개와 살다보니
시간 가는 줄도 모르고 개가 되었다

어느날 밤이었다
잠든 개를 들여다보다가
개가 눈을 떠서 개의 눈동자를
정면으로 보게 되었다

개는 너에게 들어가게 해달라고 했다

나는 너는 개니까 사람에게 들어올 수 없다고 했다

너와 살다보니
시간 가는 줄도 모르고 사람이 되었다고
개는 항변했다

내가 눈을 감으라고 명령하자
개는
야, 이 개새끼야 하고 사람 욕을 했다

큰 욕이었다
흰 욕이었다
마음이 똥인 욕이었다
개 같은 욕이었다
듣고 보니 그럴듯했다

개와 몸을 섞었는데
자꾸 사람 냄새가 나서
개처럼 킁킁거렸다

여러날이 지나자
나는 개똥을 먹을 수 있고
개는 똥을 멀리했다

같이 살 수 없다고 했다
떠나라고 했다
누가

시간 가는 줄도 모르고
계속 짖었다

정면과 정면이
눈에 불을 켜고
서로를 향해 똥을 누고 있었다

○ 한 사람이 떠났다 나는 개 되었다 사람은 내 턱 밑을 간질이고, 전생에 개였나봐? 묻고 나는 혀를 내밀었다 친구들이 그런 나를 알아보고 사람을 떠나 있으라고 했으나, 친구들도 하나둘 죽었다 그 사실을 알고 사람이 내 엉덩이를 걷어찼다 나는 혀를 내밀었다 사람들이 그런 나를 모르고, 사람이 있을 때 잘하라고 했으나 사람들도 하나둘 사람을 떠나보내고 개가 되었다 그 사실을 알고 사람이 내 마음에 혓바닥을 집어넣고 헤집어놓았다 이런 것이 사랑의 육체구나, 나는 알았다

이렇게 생긴
아름다운 이야기

부모에게 생긴
삶입니다

부모는 안개비 속에서
작은 개 한마리를 구했습니다

죽음은
눈앞에서 생명을 놓쳐버리고
그날 밤
부모가 탔던 택시 기사를 대신 데려가고
작은 개 부모 품에 안겨
창밖 보다가 잠이 들고
눈을 뜨니
세상에
집에 와 있었습니다

부모는
작은 개를 뜨거운 물에 푹 담그고
깨끗하게 닦아주었습니다

슬픔이 씻겨나가도록
박박 박박
작은 개는 슬픔에게서 멀어질수록
크게 울었습니다

작은 개 앞에 작은 개가 한번도 본 적 없던 것이 있었습니다

곧 사라질 것 같은
작은 개가 기다리자
부모는 등을 쓰다듬어주고
그 환희 덕에 작은 개는 마침내
흰 우유와 고소한 비스킷을 먹었습니다
잠이 쏟아져서 코부터 박았습니다

부모는 밤에
잠든 것을 가만히 보고 앉아서
저 작은 걸 뭐라 부를까 고심하다
해골을 떠올리고
해골에 고인 물을 떠올리고

해골에 고인 물을 먹은 사람이 떠올라
아무 상관 없이
우주라는 이름을 붙여주었습니다

작은 개는 사라졌습니다

부모는 우주가 열아홉살이 될 때까지 키웠으나
우주에게는 자식이 없었고
눈이 멀고 이가 빠지고
정신이 나갔다 들어왔다 해서
그 좁은 집을 종일 돌았습니다
부모 늙어 시간 많아지고
자주 우주와 함께 있었습니다
우주를 앞세우고
기쁨의 먼 왕국을 다녀오기도 했고요
그럴 때면 무릎이 쑤셔서
　부모와 우주는 표고버섯된장찌개를 끓이고 돼지고기완
자를 노릇하게 구워 먹었습니다
　때마침 말씀드리자면

부모에게는 자식이 둘 있으나
한 녀석은 도시에 나가 남자와 살고
한 녀석은 시골에 나가 남자와 아이 둘과 삽니다
한 녀석은 부모를 자주 찾아와 부모를 기쁘게 하였고
한 녀석은 부모를 잃어버려서 부모를 슬프게 하였습니다
한 녀석에게는 작은 개 흰둥이가 있어서 가족의 사랑을
받았고
한 녀석에게는 큰 개도 작은 개도 없었습니다
한 녀석이 때마다 부모에게 코르덴 바지와 급전을 부쳐
줄 때
한 녀석은 부모 노릇까지 하느라 늘 돈이 없었습니다
부모는 자식 둘을 사랑하였으나 그들이 먼저 죽게 놔두지
는 않았습니다

그러나 우주는
부모가 무릎을 주무르는 것을 마지막으로 본 후에 눈을
감았습니다
부모는 우주를 산으로 데리고 가서
묻어주었습니다

다시는 찾아오지 못하도록

아무 상관 없는 산이었습니다

그런데도 우주는 나타났습니다

부모는 귀가할 때마다

문 앞까지 달려나와 꼬리 흔드는 작은 개에게 기겁하였으나 곧 익숙해져서

작은 개를 쓰다듬고

작은 개 앞에 고소한 우유와 흰 비스킷을 놓아주었습니다

그 작은 개를 따라

그때 그 죽음이 찾아온 것도 모르고

그리하였습니다

가끔 명절이면 흰둥이만이

멍하니 아무것도 없는 곳을 바라보며 짖었고요

한 녀석은 부모와 함께

조상님께 절하며

부모의 지복을 기원하였습니다

성탄 전야

아이는 개를 끌고
아픈 사람을 생각하며 걸었다

걷는데
개가 자꾸 짖어대는 통에
개새끼야 조용히 좀 해
아이는 말해버리고 말았다

아이를 올려다보는
개의 콧잔등에
눈이 내려앉았다
개는 또 짖었다
희디희게 짖었다

개새끼
아이는 개를 쓰다듬어주고는
아픈 사람에게 줄 눈송이들을
깊고 검은 곳에 담았다

엄마는 만두를 좋아해
평화로운 사람

아이는 개를 끌고 가다가도
멈칫 저 아래
있는 것을 들여다보았다
흘러가는 것이었는데
그것이 인간사인 줄도 모르고
아이는 냄새 맡고
아픈 것들을 생각했다
욕하는 나의 마음

개는 아이를 끌고 가다가도
멈칫 위에 있는 것을 보았다
기도하는 마음으로
네발을 내려놓았다
그것이 인간사

성당 앞을 지날 때

아이는 남자 둘이 손을 꼭 잡는 것을 보았고
왼편에 선 사람이 아픈 사람이구나
알아들을 수 있었다

엄마는 잡아주는 사람이니까
고기만두는 엄마 다 주고
라면을 부숴 먹자
개는 아이보다 먼저 집으로 뛰어갔다
그곳에 아픈 사람이
자신을 더 많이 쓰다듬어주는 이가 있기에

아이는 집 앞에 다 와서
끝내 자기 마음에서
만두 하나를 꺼내 먹었다
눈송이들이 녹아서 물이 흥건했다

새벽송을 준비하러 가는 아이들이
너무 웃어서
울먹거려서

아이는 먹던 걸 뱉고 집으로 들어갔다
개가 나와 그걸 깨끗이 치워주고
아이들은 그런 개를 쓰다듬으며
귀엽다 예쁘다 메리 크리스마스

개도 사람도 모두 사라진 곳에
만두 냄새
두 남자가 아무래도 같이 사는 남자들이
깊고 검은 곳에
하얀 것을 담고 걸어오고 있었다

전생에 개였나봐
조용히 해

⊖ 아이들이 문을 두드리자 아이가 나왔다 아직 안 자니? 엄마는 자요 여기, 아이가 깊고 검은 곳에서 하얀 것을 꺼내 아이들에게 건네주었다 아이들이 그걸 조금씩 나누어 먹고 노래 부르고 아이에게 단것과 달지 않은 것을 전해주었다 그때 개가 아이 곁으로 와서 사납게 짖었다 오늘은 아이를 데려갈 수 없으니 돌아서시오! 아이는 조용히 해,라고 말하며 울먹였다 지나치게 빛나던 아이들이 사라지고 아이는 혼자가 되어 아주 작은 목소리로 이리 와, 이리 와 자자, 하며 개를 계속 불렀으나

미래 서비스

이름과 생년월일을
입력하면
미래를 알려주는 곳이 있었다

전세계가 사용하는 안전한
서비스였다

김현 님은 거실에 있고, 당신은 그곳에 누구와도 같이 있
지 않습니다. 그곳에서 기침합니다. 당신은 활기찹니다. 이
일을 기대하십시오.

기대했다

여도 싫고 야도 싫다고 적힌 현수막 같은 것을 보면서도

경성양육관에 가서 양꼬치구이를 먹고
때가 되면 병들고 아파서
고환을 적출하고
덕수궁 돌담길을 걷다가

은행잎을 주우며 인생은

가슴앓이 트위스트

어느날 두 다리를 가지고도
걷기가 힘들었으나 걸어가서
죽은 이모와 함께 가족여행을 가게 되었다

이모에게 모든 걸 말할까
이모의 마음이 아프지 않을까

망설이다
입이 가벼운 사촌 누나에게 넌지시 말해주었는데
이모가 먼저 나에게 물어왔다
슬픈 미래
방석집을 접고 갈빗집 사장이 되었던 이모는 인생을 되돌
아볼 겨를도 없이 떠났다

살아생전 양꼬치구이를 먹어본 적 없고

은행잎 대신 은행을 안주 삼던
이모에게도 선거권이 있었다
정을 주었던 남자와 자식도 없지 않았다

나의 어머니는 한 시절
동생 둘을 먼저 보낸 사람
일찍이 술을 가까이하였다

어머니가 술에 취해 거실에 있고
나는 그곳에 누구와도 같이 있지 않아서
기침을 하고
어머니의 호주머니에서 만원짜리 몇장을 꺼내
남자와 썼다 갔다
어머니의 얼굴을 자주 보는 일로
수치를 알고

그런 어머니도
병들고 아파서 담배를 끊지 못하고
명절이면 종종 술에 취해

동생들이 보고 싶다며 울었다
어머니는 이제
점점 더 나빠지는 눈으로
짠 음식들을 만들고
남편 등에 가만히 손을 올려놓으며 안도한다

은행잎 한장으로 이 정도의 인생을 생각할 수 있는 인생이란

지난밤
쌀 포대로 꽁꽁 싸맨 변사체가 물 위로 떠오르는 걸 보고

노인으로 분해
더 늙은 부모와 밥을 먹는 사람의 미래 체험을 보고

부모에게 전화해
꿈자리가 뒤숭숭해서 연락했노라고 말한다

미래에 저는 거실에 있고
당신은 그곳에 누구와도 같이 있지 않습니다

그곳에서 기침합니다
당신은 활기찹니다
이 일을 기대하십시오

아들아, 무섭니?

인생을 진작부터 끝내고 싶어 하는 너는
털보 며느리인 너는 구슬픈 목소리로
내게 미래를 발설한다

먼저 가 조선은 이미 틀렸어
너는 나의 활기찬 미래
이름과 생년월일을 입력한다

이강생 님은 주차장에 있고, 당신은 그곳에 어머니와 같
이 있습니다. 그곳에서 공부합니다. 당신은 우울합니다. 이
일을 기대하십시오.

이제 다 되었다

기대했던 대로

유권자는 미래였고

죽은 꽃에서 자라는 돌
시월의 뱀들이 벗어놓은 푸른 허물
혀에 닿을 때마다 녹는 눈
조용한 자루와
간결하게 벌어진 두 다리

미래 소설

먹구름이 머물러
있었다

그의 머리 위에
꼭 그의 곱슬머리처럼

그는 어제 죽임을 당했으나
오늘을 사는 사람

그는 정처 없이 걸어갔다
물을 쭉 내뿜고 7가에서 6가로

노인과 어린이들 사이로
진실을 인양하세요

그는 쓰였다
그에 의해서 명명하게

그는 그가 쓴 등장인물이었다

그는 분명 그를 바닷속으로 밀어넣었으나
그가 쓰다 잠든 사이에

그는 그곳을 빠져나왔다
가만히 있지 않았다

그는 그로부터 배웠다
등장인물들에게는 각자의 삶이 있다고

그는 물을 쭉 내뿜고 벤치에 앉았다
재개발을 기다리는 시멘트 건물이 눈앞에

어버이들이 끊임없이 나오고
그는 그가 배에서 썼던 미래 소설의 앞날을 궁금해했다

그는 무너진 백화점 속에서
자신의 바코드를 미래로 보낸다

살기 위해
한마리의 오징어를 구상한다

크고 무거운 대왕오징어가 아니라
작고 힘없는 오징어

다리는 열개
미끄럽고 조용하고 떠오르고 검은

그는 그 옛날
대만대사관 앞 수족관에 들어 있던 것을 생각한다

이강생이다

사람들은 손가락질했다

저기 저것 좀 봐,
먹구름을 가운데 달고 있잖아, 움직이잖아

저게 죽음의 그림자인 줄도 모르나보지
그게 이강생의 심지인 줄도 모르고

다시 움직여봅니다

그는 자본의 쓰레기 더미에서부터
살기 위해 노동자 이강생을 등장시킨다

그는 벤치에서 일어나 먹구름을 끌고 갔다
물을 쭉 내뿜고 그에게는 그의 삶이 있으니까

그는 바다로 돌아가
배에서 탈출했다

그는 죽지 않고 이강생에게로 살아서 갔다
그와 이강생은 거대한 수족관에서 두마리 오징어처럼 붙
어먹었다

그가 잠에서 깨자

그의 것이 아닌 것이 그의 책상 위에 있고

먹구름이 미래를 향해 헤엄쳐간다 드디어
만물이 태동하고

한편의 시가 떠오른다
그는 본다 한마리 바코드처럼 다가오는

이강생은 옛 대만대사관 건물
앞에 서서 디지털 사진을 찍고 지점토로 만든 오징어 인형
을 산다

하나는 지복을 위한 것이고
하나는 명복을 위한 것이었는데

그걸 받은 두 사람이 모두
살고자 하였다

그는 그의 머릿속에서

그는 그의 홀로그램 속에서

다리는 여덟개
미끄럽고 조용하고 가라앉고 검은

등장인물의 입에서
선명한 오징어 냄새가 풍겼다

그는
살아 있다고 썼다

견과를 위한 레퀴엠

시시컴컴한 밤에 같이
무덤 파는 사람이
갱년기 자가진단을 하다가
내게 눈을 보여주었다

너의 눈 보다가
선하게 보이는 항목을 물어보았다

최근 들어 성욕이 저하되었다

어쩌다 너는
벌써 저만큼 가 있는 걸까
호두가 정력에 좋다는데

너는 만성변비가 있고
코 골고 이 가는 사람
왜 소설을 쓰지 못하는 걸까

네가 내 손을 잡더니

늙었구나
시간이 참
말했다 속았다는 듯이
무덤 파고 눕는 사람
누구냐, 너

그런 너
혼자 남겨두고
나는 책상 앞에 앉아
무덤 증명서를 돌렸다

오늘은
열한명의 작가가 죽었고
다행히 대부분 죽을 나이였으나
그중 딱 한 사람
열한명 중 가장 알려지지 않은 한 사람
마흔이었다

살아생전

호두를 챙겨 먹었더라면
마흔에 그의 인생은 달라졌을 수도 있었을까

없다
없겠지
그는 죽기 전 전주콩나물국밥을 먹었다
사람은 죽어서 영수증을 남긴다
최근 들어 성욕이
시시해졌다
나는 일어나 문을 열고
복도로 나가
소설적으로
뛰었다

긴 복도였으므로
저 끝에서
달려오는 자가 있었다

대머리

이름 없는 작가

「잠자리를 조심해」에서
그는
날개에 불을 붙인 소년들을
차례로 불태워 죽였다

안녕하시오 무덤 파는 양반
그가 손 흔들며 인사했다
안녕하시오 잠자리 양반
오늘은 무덤을 몇개나 팔았습니까
열한개요
다 늙은이들이었습니까
아니요 시답잖은 게 하나 끼여 있었습니다
호두를 먹지 않은 게로군요
혹시 최근 들어 정력이 저하되셨습니까
달 떴습니다

복도 끝에 다다르자 나는
아무 생각 없이
너의 마음 나의 마음 신실한 콩밭
주머니 속에 손을 넣고 땅콩을 깠다
흥얼거리는 땅콩을
까다보면
땅콩을 먹게 되고
땅콩을 먹다보면
흥얼거리게 된다
무참해
다시 긴 복도를
걸어왔다
문을 열고
땅콩을 입에 물고
문을 열고
네게로 갔다
갱년기 자가진단을 하는
너에게 땅콩을 보여주었다

들려?

네가 내 손을 잡더니
죽을 때 됐다

미쳤구나
고소하구나 전부
나가봐 달이 커
곧 끝장날 거야

환영
날개에 불이 붙었다

믿음

그것은 책상 위에서도 살아 있다

연필을 올려두어도
창밖에서 한 사람이 한 사람을 간절히 원할 때
같은 책을 펼쳐도 어제 그은 밑줄을 찾지 못하고
철새의 슬픔이 철새를 앞질러가서
경섭이가 라면을 반으로 쪼개놓고 물이 끓기를 기다리는
동안
미옥이가 책상에 엎드리는 순간
책상에서 굴러떨어진 연필이 감쪽같이 사라지는 일
끓어올라
보이지 않는 것들이 보이는 사람과
보이지 않는 것들이 보는 사람은
천편일률적으로 다른 기분
우후죽순(雨後竹筍)
얼음이 녹고 개구리 폴짝
좋은 언어로 두 사람은 등을 돌리고
미옥이는 오줌을 참고
눈물이 다 쏟아지길

경섭이는 계란을 깨뜨렸다
철새는 언제 보글보글 슬픔에 당도하는지
창밖으로
두 사람은 이제 거기 없기로 하였다

그것은 연필이 아닌데도
연필의 형상을 하고서 분명하게 있는

신께서는 아이들을

아이는 난민이 아니었으나
태어나며 난민이 되었다
어제만 해도 해변에서는
사랑이 숭배되고
오늘 아침 태양은
죽은 아이를 발견했다
부모가 잠든 사이에
홀로 조개껍데기를 줍던 아이가
죽은 아이
머리카락에 붙은 바다풀을 떼어내며
집을 향해 돌아섰다
보름 전만 해도
땅 불 바람 물 마음
다섯가지 힘을 하나로 모을 수 있던 아이에게는
친구가 있었고
부모가 있었고
가난이 있었고
나라가 없었다
뛰어놀 수 있었고

품에 안길 수 있었고
배불리 먹을 수 없었으나
친구도 부모도 나라도 몰랐으나
아이에게는 도착의 희망이 있었다
태어났으므로
조개껍데기를 손에 쥐고
뛰어가던 아이가
아! 불길한 기운에 휩싸여
태어나 처음으로
뒤를 돌아보았다
수평선 저쪽에서
크고 검은 해파리가 몰려왔다
아이는 먹구름이 되어
한번도 들어본 적 없는
울음을 터뜨리고
물에 빠져 죽지 못한 아버지가
뜬눈으로
아이의 얼굴이 담긴 사진을 보다가
빛을 밝히고

불을 지피고
다른 자식을 흔들어 깨우는 일로
신의 존재를 믿으려 할 때
아이의 울음을 들은 부모가 달려나와
자식을 꼭 껴안고
자식이 가리키는 곳을 보았다
어제 그들이 알몸으로
금발 머리 백인인 신에게
한발짝 다가섰던
아이는 말을 잃었다
어머니의 품에 안겨
눈물을 훔치던 아이가 금세 늙어
울음을 진리의 발바닥으로 삼을 줄 알게 되고
눈을 떴다
어제와 다른 아침 해가
아이의 머리 위에 떠 있었다
사라진 동생의 얼굴을 떠올릴 새도 없이
아이는 고소한 수프 냄새를 맡고
살아 있는 혀를 내밀었다

죄를 짓고
모든 것을 알고 있었다
아이들의 눈은
신을 주시했다

송가
봄이 가기 전에 우리 집에 놀러 와

가난뱅이 소녀가
한겨울에 걸레를 들고 손을 호호 불며
진실의 계단을 닦다가
끝에 가서
꼭 주저앉아 우는 것처럼
양동이처럼
엎질러진 물처럼
거짓말같이

생선과 살구

저는 여성이자 성소수자인데
제 인권을 반으로 가를 수 있습니까?

반으로 갈라진 것을 보면
소금을 뿌렸다

상하지 말고 살아
언니가 말했다

언니에게는 파란 접시가 있고
나에게는 씨앗이 있어서
우리는 그걸 합쳐두길 좋아했다

왜냐면 신비
하나가 되지 않고 둘로
존재하는 곳에서
나무가 자라고 숲이 되고
열매가 달리고
하얀 털북숭이 짐승처럼 평화로워서

구름은 바다로 흘러가고

깊고 깊은 산골짜기에서
모닥불 피우고
고깃덩어리와 양배추가 끓는 고요한 양철통
언니와 나는 석양을 보았다
아무 말 없이 보았다
두마리 목양견이 양의 무리 속에
말들이 히응히응 소리 내어 꼬리 흔들고
언니와 나는 담배를 씹었다
산 너머 아파트와 공장과 판잣집을 보면서
살고자 했다
해는 붉고
밤이 오면 흰 천을 뒤집어쓴 자들이 나타나니
총을 멀리 두지 않았다

오늘 우리에게 필요한 양식을 주시고
우리가 우리에게 잘못한 이들을 용서하듯이
우리의 잘못을 용서하시고

우리를 유혹에 빠지지 않게 하시고
악에서 구하소서

언니와 나는
이야기의 흰 살을
서로의 양식 위에 올리고
참 맛있게 먹었다
맛있게 먹으면 영 칼로리
서로를 문질러 닦았다
반짝반짝 윤이 나는 내 씨앗 위에
언니의 접시를 올리고
오늘 밤 우리의 사랑은
열에 아홉 손가락질당할지라도

언니와 나는
담배를 뱉었다
양은 컵에 미지근한 우유와 술
모자를 벗고
부츠를 벗고

한모금
푹 익은 양배추에 살점을 싸서 먹었다
목양견들에게는 두툼한 고기를 뼈째 던져주고
별빛 속에서
형들의 사랑을 읽었다
그때는 몰랐으나 그 순간
흰 천을 뒤집어쓴 자들이 양의 무리 속으로 들어와
호시탐탐 언니와 나를 노리고 있었다
보자 보자 저것들이 과연
모닥불 앞에서

동은 트고 햇빛 속에서
언니가 먼저 일어나
사냥 나갈 채비 하고
나도 기지개를 켜고
라디오를 틀고
기다려 내 봄을 둘러싼 안개 헤치고
상하겠다 아껴둔 우리 사랑을 위해
언니는 읽다 만 것을 냉장고에 넣으라고 했다

문을 열고

하느님의 사역에 동참하는 착한 종이 되기 위해 집을 떠나려 합니다

씨앗 위에 접시 위에 흰 살 위에 모닥불을 올려 넣었다

언니와 나는 말을 타고

총을 들고

아파트와 공장과 판잣집 너머로 향했다

양의 무리 속으로

나중은 없다

지금 당장

형들의 사랑

그들은 서로를 사랑하지 않습니다
죽은 생선을 구워 먹고
살아남기도 하는 사이니까요

허나
형들의 사랑을 사랑이 아니라고 말하지 말아요

그들의 인생이 또한
겨울이 오면 눈사람을 만들고
눈싸움을 하는 것이며

그들의 인생이 또한
영혼의 궁둥이에 붙은 낙엽을 떼어주는 것이며

그들의 인생이 또한
자식새끼 키워봤자 아무짝에도 쓸모없다
속 깊은 것이기 때문이지요

하느님

형들의 사랑을 보세요

점심에 하기 싫으면 저녁 먹고 하자

당신에게 말하고 노래하며

살구를 씻었습니다

기다려 내 몸을 둘러싼 안개 헤치고

투명한 모습으로 네 앞에 설 때까지

살구를 깨물고

과실 속에서 튀어나온 아내라는 시를 윤문하였습니다

여름비 잠시 멈춤

어제 본 아내의 내면은 주먹과 보자기

아내는 미나릿과에 속하는 얼굴로 창가에 앉아 담배를 피

웠습니다

살구씨를 한쪽에 모아놓고

그들은 과연 하였습니다

밤마다 꿈속으로 가는 아내의

관자놀이에 거머리 여러마리를 놓아 꿈을 빨게 하였습

니다

하여간 인생은
끝과 시작
형들의 슬픔은 점점 커지고 배가 나오고
형들의 기쁨은 점점 넓어집니다 머리가 빠지지요

그들은 21세기
그들은 조선시대에 있습니다
숯불을 사용하고
돼지고기를 익혀 먹고
푸른 군락이라는 방식에 엎드려 있고
그런 생활사 속에서
헛수고를 물리치고
각자의 이불 속에서
역사적인 순간에 대하여 생각합니다
물러나십시오
광화문에서, 금남로에서, LA한인타운에서
옆사람의 꿈나라
우리들의 천국

주저앉고 싶은 유혹도 많지만

존경과 사랑을 담아

등을 돌리고

들어봐

아내가 믿는 하느님의 나라는

미나리 한상자

들어봐

시에 길라임을 넣어야겠어

그들은 서로를 사회합니다

겨울은 촛불잔치

영혼의 대자보는 떨어져나가도

없는 자식인 셈 치고

시간을 설득합니다

안개를 헤치고 먹고사는 노부모처럼

또한 그들의 투쟁이

살구 한알에서부터 시작되고요

하느님

형들의 사랑을 보세요

허나
형들의 사랑을 사랑이 아니라고 말하지 말아요

제 3 부

앵두주

떠 있는 것들에 관하여

깃털

푸른 찌르레기가 운다
위태로운 것에 대한 계시를 이룬다

마지막에는 담배를 태우는데
날아가고 돌아서고 걸어가고 기다리고 머뭇거리고 모두
떠난다

시간의 권역에서 진실은 얼마나 헤픈가
색은 어둠과 빛 속에서 달라진다

달과 창문

물을 마시며 잠에서 깼다
물을 마셨다

잠든 남자의 얼굴을 보다가 그림을 그렸는데
잠들어 있었다

개라고 생각하면 개
물고기라고 생각하면 물고기
사람이라고 생각하면 사람

지구는 둥글다는 메시지를 받았다

커튼을 열면
쏟아지는 건 빛일까 어둠일까

4월

끊어버릴 것과 이어버릴 것 사이로
나의 내부와 너의 내부를 순환하는 것 사이로
피와 물과 살이 평화롭게 튀어오르는 사이로
아무 말 없이 꽁치를 씹는 어금니 사이로
지나가는 개와
지나온 고양이와
지나친 비둘기 가죽 사이로

물에 빠져 죽은
멀고 차갑게 납작한 빛이 흰
봄

통닭

부부가 되어 경기도 현리에
사는 남자를
페이스북으로 찾았다
어려서 통닭을 나눠 먹고 사랑을 나누었던 우리는
거실에 놓일 크림색 소파와
골칫거리가 될 다이어트용 짐볼과
술안주로 문어발과 번데기 통조림을 사다 줄 사람과
화분의 잎을 맥주로 닦거나
일요일마다 어항을 청소하지 않는
삶을 한번도 이야기하지 않았다
같은 교실에서 같은 선생님께 뺨을 맞고도
너와 나는
다르게 계속되고 있구나

명복을 빈다

노파

젊음이 남아 있는 동안
부드러운 것과 흐르는 것으로 너를 지킬 수 있다

빛나는 것으로 구부러지고
단단한 것으로 구멍이 난다

희다 하면 희고
검다 하면 검은 영원이

내 뒤에
나로 앉아 있다

좋은 시절

다 늙은 자식들을
타지에 둔 부모가
영혼을 단속하던 시절의 일

키우던 이 있었으나
버려진 새 한마리를 아버지 주워 와
쓸고 닦은 후에
홀로 두었다

우거졌다

어여뻐라
식물들의 일이란

새는 밤낮을 가리지 않고
일하러 가는 아버지를 떠나보냈다가
마주했다

아버지도 새를 자식처럼 여겨

물 주고 기도하고
이름 붙여준 후에 이름을 잘 보살폈다
해피었다

어머니라면
여름이라 불렀을 것을
아버지가 어머니를 저세상에 둔 건
지지난해 겨울부터 지난해 봄까지
그해 봄 산 너머 뉴타운이 들어서고
아내는 감감무소식
앵두나무에 꽃이 달리지 않아
사람 잃은 아버지의 심정이
자식들 못잖게 어둑하여
마당에 분갈이용 흙이 수북했다

어머니는 식물에 정을 주고
그 정이 든 것을
어느 것 하나 가져가지 못했다
남겨진 자식들에게는 짐이 되고

남편에겐 병이 되던
봄에
도다리쑥국을 밥상에 올리고
쑥이 좋을 때니 먹고 힘내라
다 큰 자식들에게 기별을 넣던 둘이었다
아버지
밥상을 물리고
마당에 화분을 세워두고 물을 주었다
식물을 지나온 물은 참으로 우렁차서
바닥에 무늬를 남겼다
곁에서 소피를 보던 어머니도
참말로 있었기에 망정

어스름한 가운데
아버지가 집으로 들어서면
해피

쑥이 좋을 때니 먹고 힘내라

아버지는 어디에 올려놓지도 못하는 그것을
허벅지에 올려두고
밥을 먹고
잠이 들었다
어머니가 아버지를 깨운 건
그로부터 밤낮이 지난 일
마당에 물기가 사라지고
마른 흙 위에
해피가 집을 짓고 살고 있었다
어여뻐라
동물들의 일이란

우거졌다
어머니는
대문을 열고 닫으며
앵두나무에서 앵두를 따는 대신
앵두를 사 와 앵두주를 만들고
항아리에 담아두고
석달 열흘 앵두를 보았다

흰 새 한마리가
어머니 머리 위에 떨어져서
그것을 함께하였다
이번 비는 반가운 손님입니다만
어머니는 새를 쫓지 않고
받아들였다
아버지 밥상을 물리고
물었다
오늘 밤 몸 섞을까요?
아니요
그럼, 오늘은 편히 자겠소
아버지는 말 잘하는 해피를 칭찬하고
해피는 아버지를 내쫓지 않고
받아주었다

이렇게 시간이 가는데도
부모는 시간이 참 느리다
인생은 길어
살아생전을 그리워하다가

깨닫고는 하는 것이었다
우리가 살림을 차린 게 이맘때였습니다만
자식들도 하나둘 죽었다

핀란드 영화

노인1이 갈매기1에게 청어를 던져주었네
노인2가 갈매기2에게 작별을 고할 때
쓸쓸하게 따뜻하게

갈매기2가 갈매기1에게 날아갔네
노인2가 노인1에게서 멀어질 때
쓸쓸하게 따뜻하게

주인공은 죽고 갈매기는 끼룩끼룩
노인1과 노인2는 살아남았네
쓸쓸하게 따뜻하게

아무도 기억하는 사람이 없지만

영원 칸타타

시집 위에
피아노를 올렸다

피아노 위에 돌을 올렸다

시간이 지날수록 돌에서는
건반악기 소리

흰건반과 검은건반은
돌처럼 딱딱해졌다

죽음의 손가락처럼
예배당의 기도 소리처럼

음악은 경건했다
시집이 펼쳐지고

돌이 떨어지고
피아노가 접혔다

네가 그곳에서 걸어나오고
나는 그곳으로 걸어들어갔다

무슨 시집이야
사랑 시집

이곳은
두 사람이 사는 집

숲이다

너는 시집 위에
얼굴을 올렸다

새가 날아가고

나는
얼굴 위에 돌을 올렸다

푸른 깃털이 내려앉았다

우리는 그 속에서
맹세했다

비가 오나 눈이 오나
국에 밥을 말아 먹고 사랑을 나누고 잠들었다

숲에서
벌거벗은 사람들이 출몰한다는 이야기

사랑은 숲을 벗어나 있고
서사는 숲에서 이루어진다

집이다

시간이 지날수록 돌에서는
듣도 보도 못한 악기 소리

흰건반과 검은건반은
돌처럼 영원히 움직였다

너와 나는
국의 너머를 밥의 너머를 사랑의 너머를 잠의 너머를 속
삭였다

더 깊숙이 눌러봐
이번에는 더 아프게

죽음의 길고 창백한 손가락처럼
예배당에서 울려퍼지는 기도 소리처럼

음악은 경건했다
시집이 펼쳐지고

피아노가 날아가고
돌이 떨어졌다

네가 돌에 깔려 합죽이가 되고
나는 건반을 뒤집어쓰고 울었다

무슨 시집이야
사랑 시집

시집 위에
돌을 올렸다

돌 아래 피아노를 두었다

돌의 시간은 서서히
피아노를 부수고

피아노에서 떨어져내린
붉은 소리가 시집의 건반을 눌렀다

흰 검은 검은

흰 흰 흰
검은 흰
검은 흰 흰 흰 흰 흰

숲에서
벌거벗은 남자들이 출몰한다는 이야기

사랑은 숲으로 가려져 있고
서사는 숲에서 숲으로 날아간다

우리는 푸른 깃털로 서로의 신비를 간질이며
맹세했다

비가 오나 눈이 오나
사랑을 나누고 국에 밥을 말아 먹고 잠들겠습니다

시간이 지날수록 돌에서는
어디선가 들어본 악기 소리

흰건반과 검은건반은
이빨처럼 딱딱해졌다

너와 나는
국과 밥을 엎고 사랑을 잠 속에 엎고 중얼거렸다

더
더

삶의 검은 손가락처럼
예배당에서 도망치는 신부처럼

죽음은 경건했다
시집을 덮고

피아노를 펼치고
돌을 올렸다

새가 날아왔다

털이 다 빠져 죽고

그 맑은 수면 속에서
새가 지저귀었다

우리가 그곳에서 걸어나오고
우리는 그곳으로 걸어들어갔지

무슨
얼굴이야

시집 위에 피아노
피아노 위에 돌

돌 위에
죽은 새

새 안에
살아 있는 새

사랑의 지저귐

스노우볼

흔들어주세요

당신은 밤의 끝에
나는 아침의 시작에 앉아 있었어요

당신이 말했죠
제가 그리 갈까요
당신이 이리 올래요

나는 다가갔습니다
당신이 점점 희미해질 때까지
그러나 온전히
부재하진 않을 때까지
나의 정체성은 분명해졌습니다

내가 말했죠
내가 깨어나면 당신이 잠들어주세요

당신은 나의

초롱초롱한 두 잎사귀에
물방울이 맺히는 것을 지켜보다가
말했습니다

저는 아무것도 듣지 못해요
형체를 주세요
나는 입술을 남겼습니다

아, 보여요
눈부셔요
당신의 말과 나는 일치해요
눈 감아요

나는 보았습니다
당신이 어디로 가고 있는지 어디에서 오고 있는지
아, 들려요
어두워요
당신의 침묵과 나는 일치해요
멀어져요

당신이 내게로 오고
우리는 사랑했습니다
밤의 희고 긴 소파에서
농어와 포도를 먹고
서로의 볼기짝을 때리고
깍지를 끼고
오줌을 갈겼습니다
눈가가 촉촉이 젖은 채로

(숨지 마)
당신은 숨었습니다
(훔쳐봐)
나는 당신을 훔쳐보고요

해와 달로써
당신을 원해요

손톱과 발톱이

당신을 기다려요

눈과 입술로
당신을 거부해요

눈물과 침은
당신 거예요
낮과 밤이

제가 그리 갈게요
당신이 이리 와요
흔들리지 않아요
오, 흔들어주세요

우리 하룻밤 사이에
서로를 열렬히 모른 척해요

사랑의 시절이
생생하게 변질되어갔다

꿈꾸는 연인

너의 곁에서 모처럼

낮고 평평한 꿈속에서
주인이 잠들고
가축들도 잠들었으나

주정뱅이 도살자가 도끼를 들고
우리에 들어왔으나
밤이 깊어서

도살자도
피 묻은 도끼를 내려놓고
포근한 짚 더미 속에서
긴 잠꼬대를 시작했다

코가 큰 주인에게는
아름다운 부인과 철부지 아들
도살자에게는
아름다운 부인과 어린 딸이 있었다

주인을 주인답게 하는

올빼미 울고
철부지 아들이 어린 딸을
주인은 부인 대신 부인을

가축들이란
평화로운 혀를 가져서
눈이 크고 코가 작고
다 보고 들었다

도끼날에
코가 베이는 줄도 모르고
짚 더미 속으로
한마리 광폭한 촛불을 두고 가는 아름다운
손이 있었다

불이야!
가축들이 소리를 지르고

어린 딸과 아름다운 부인들이
차례대로
축사로 달려나왔으나
남자들은 눈 뜨지 않았다

푸른 불길은 미쳐 날뛰고
세 사람이 손잡고
개와
닭과 거위와 검은 혼령들이
불길을 하염없이 바라보며
하품하다가
혀를 천천히
세상 어디에도 없는 평화로운 울음을 내었다

그러한 기쁨의 거짓됨 가운데
꿈에서 깬 부인이
부엌으로 나와
가축의 젖이 가득한 솥에
어딘가 낯선 살을 텅텅 썰어 넣고

불을 활활 지폈다

불이야
잠든 너의 귀에 대고 마지막까지 속삭여주었다

글라스

가까이 앉아서
우리는 서로의 얼굴을 알아보지 못했다

숲에서 불길이 일고 사랑의 잡목을 태웠다

집으로 가서 창문을 닫았다
열어도
연기는 언제까지나 계속되고

따라다닌다
홀리려고
설거지하고 빨래하고 변기에 락스를 부을 때도
목욕하며 노래해도
자욱해서

죽을까

연기 속에서
붉은 형태를 보는 자가

불타는 자라 해도

물을 마셨다
우리의 대화가 우리의 실상으로
의자를 넘어뜨렸다

모든 것이 평화로운 때

한 남자가
나무에서 떨어졌다
순수했다 추락은
추락이었다

피를 본 인간은
오랜 세월 피를 알지 못했던 남자는
붉은 것들을 모아
나무 한그루를 그렸다

뜨겁고
폭풍우 가득한 나무에
새가 한마리 날아와 앉고
남자는 그것을
최초로 죽일 궁리

모두가 깊고 깊은 잠의 골짜기에 두 발목을 담글 때도

죽음은

심장을 뛰게 하였다

허공으로 날아간 돌과
지상으로 떨어진 돌과
인간이 쥔 돌

남자는 눈동자를 향해
새총을 들어올렸다

해가
그림 속으로 차츰
피가 생기고
벌레와 물이 생기고
양서류와 이끼가 생기고
사과와 아기가 생기고
불과 언어가 생기고
신발과 기도가 생기고
악마와 날벼락이 생기고
죽은 새가 생겨났다

모든 것이 하나둘 평화롭지 못하고

남자가 고개를 들어
그림 그리는 남자를 빤히 보았다

Bon appétit

누추한 곳
깜깜밤중

사람에게 먹을 것을 내주고 돈을 받는 노인이
뒷문을 열자
골목 낮은 테이블 앞에
작은 개 두마리가 있었다

어린 나이에 부모를 떠나와
거리의 생활을 시작한
고된 일꾼들이었다

노인이 그들에게 다가가 물었다
이곳은 추운 곳이라오, 괜찮겠소

작은 개 두마리가 잠시
서로의 얼굴을 보고는 고개를 끄덕였다
마치 둘만의 낙원에라도 와 있는 듯한 표정으로
미래의 형용사처럼

노인은 금세 알 수 있었다
저 둘에게는 지금 빠져나갈 곳이 없구나

지난 시간
노인에게도 한 남자가 있었다
날마다 새로운 테이블보를 펼치고
주워 온 셰리주 병에
붉은 카네이션을 담아 테이블 위에 놓고
앞치마에 두 손을 슥 닦고
하루치의 행복만을 기원하던 노인이
작은 개들 앞에 메뉴판을 가져다놓은 후에
노인은 가게 안으로 들어갔다

작은 개 두마리가
특별한 날의 연인들처럼
세상에서 가장 맛있는
세상에 하나뿐인
세상 어디에도 없는 진귀한 음식을 고르지 않기 위해

메뉴판을 보고 또 보았다
그 순간

노인이 오른팔에 검정 테이블보를 두르고
흰 카네이션이 담긴 유리병과
물주전자와 속이 깊은 접시 두개와
별빛과 아코디언과
사랑의 세레나데와 모닥불과
길고양이 몇마리와 닫힌 창문과
레이스 달린 커튼과 금발 소녀와
소녀 곁에 잠든 두마리 개와 혼령과
평온한 꿈과 어릿광대를 들고 나왔다
노인이 모든 것을
작은 개들 앞에 펼쳐두니
개들 보기에 좋았다

주문하시겠습니까
노인이 묻자
작은 개들이 기다렸다는 듯이 짖었다

토마토스파게티

골목이 조용했다

그 소리를 듣고

노인이 퍽 쓸쓸한 얼굴이 되어

이제는 더 먼 곳에서

기쁨뿐인 노동을 일삼을

천상의 토마토를 따고 있을 남자를 떠올렸다

그 둘이 추운 곳

낮은 테이블에서 스파게티를 나눠 먹다

입을 맞추고

그것이 살랑거리는 꼬리가 되어

두 사람이 팔십년대의 질병을 어떻게 헤치고 나갔는지

허위에서 멀어져 책을 읽고

질병에 지고 만 친구들을 위해 편지를 쓰게 되었는지

동성결혼 합법화를 위해

쉴 새 없이 접시를 닦고

기름에 감자와 닭다리를 튀기고

퉁퉁 부은 종아리를 병으로 밀곤 했는지

월급날이면 서로에게 왜 꽃을 선물했는지

붉은 것으로 항쟁하고 흰 것으로 정체성을 삼았는지
잠이 들면서 손을 잡고
잠든 후에 코를 골고
잠에서 깨어 행복했어라고 서로에게 묻곤 했는지
죽음은 어째서 선량하고 가진 것 없는 사람들을 만만하게
보는 것인지

물을 마신 작은 개들은
노인에게서 본 것을 방출하며
침묵의 목줄을 두르고
음식을 기다렸다 그러나
참을 수 없어
서로의 콧물을 핥아주기도 하고
노인을 기쁘게 해주고 싶어서
내일 밤에는 푸른 토마토를 따 오기로 하였다
오늘 밤은 둘만의 것
길고양이들이 담벼락으로
빨랫줄 위로
하얀 달 속으로

꿈으로 가서
새들이 날아왔다 지저귀었다
어릿광대를 보내주오
작은 개들이 슬픈 노래는 싫어
짖자
새들은 캄캄한 밤이 되어 내려앉았다
잠든 길고양이들이 갸릉갸릉
노인이 나와
김이 모락모락 피어오르는 음식을
한접시를
작은 개들 앞에 두었다
가난한 연인들처럼 둘은
면과 면에 밴 소스와 토마토 껍질을
차례대로 음미하며
세상에 둘도 없는 스파게티를 먹었다
그들의 마지막 순간도 일꾼들처럼
끝나리라

이 모든 것을 펼쳐보던 노인이

앞치마에 두 손을 슥 닦고
뒷문을 열고
천천히 하루 밖으로 퇴장하였다
그 순간

금발 소녀가 눈을 뜨고
꿈의 창문을 열고
세레나데를 흥얼거리는
노인을 삶 속으로 내보냈다
작은 개들은 왈왈 짖고

파도는 넓고 파도는 높다

파도를 생각하는 사랑도 움직이는 것이나
파도만을 생각하지 않는 것으로 사랑은 자유롭다

파도에 순종하는 사랑도 고분고분할 것이나
파도에 순종하지 않으므로 사랑은 고개를 든다

파도에 올라타는 사랑도 용감한 것이나
파도에 올라타지 못할 때 사랑은 비로소 약자의 편에 선다

파도에서 일어나는 사랑도 멀리 내다보는 것이나
파도에 누운 사랑이 가까이 와 있는 것을 응시한다

파도를 이기는 사랑도 똑똑한 것이나
파도에 지고 해변에 눕는 사랑의 얼굴은 지혜롭다

파도는 파도를 아는 자의 것이 아니라 파도를 모르는 자
의 것

당신이 파도라면

당신의 사랑은 아직 당신을 모르는 자의 것이다

두 사람이 파도라면
두 사람의 사랑은 아직 두 사람을 모르는 두 사람의 것

하나가 되지 않고
둘인 채로 밀려왔다 밀려가는 것에 사랑의 맨손이 있다

때때로 두 사람은 한 사람을 놓쳤음을 후회하지만
놓침으로 해서 사랑은 다시 새로운 결말이 된다

잔잔한 파도가 가장 무섭고 거친 파도가 가장 안전한 것

붙잡는 것을 두려워하지 말고
놓는 것을 또한 용감히 여겨라

파도 앞에서 누구보다 미래를 보고
파도 뒤에서 누구보다 현재를 보는

당신,
사랑은 좁고 사랑은 낮다

그리고
두 사람이 함께 발을 맞대고 궁리해보는 것이다

자연과 사람 앞에서 성실히
부디

파도는 왜 넓은가
파도는 왜 높은가

부모의 여자 형제를 부르는 말

순두부 하면 떠오르는 사람
이제 없는 우리 이모

이모 살아 계실 적에
이모와 순두부 먹어본 적 없지만
니 이모 명태조림 하나면 밥 한그릇 뚝딱했다는 소리
부모 명절이면 술에 취해 하고 또 하던 소리

어린 날
명절이면 부르뎅아동복을 사 들고 와
서울 얘기 해주고
고스톱 치면 뽀찌 떼어 용돈 주던
손맛은 없고 손은 커서
놀고먹는 남자를 먹여 살리고
지 팔자 지가 꼬여 먹었다던 이모

그런 이모에게서
자식이 둘 생겨나
부모 그 둘을 자식처럼 키우려고 했으나

부모에게도 자식들이 있어
밤이면 한 이불 속에서 한숨짓고
들어보셔요 여보, 남편

어느날
부모 이모와 함께 동해로 여행을 갔는데
이모 사라져서
보니 해변에서 눈을 맞고 서서
「동숙의 노래」를 부르고 있더라는
청승도 청승도 그런 청승을
부모 혀를 차다가도
우럭회 한접시를 시켜놓고 앉아
창밖을 멍하니 보다가
같은 노래 부른 사연

세상에 사연 없는 사람이 있나
순두부 하면 떠오르는 사람

자식들은 때가 돼

부모가 되어
부모 모신 곳을 찾아
북어와 사과를 올리고
술을 한잔 두잔 석잔
부모 살아 계실 적에 못한 말을 하고
부모 추울세라 더울세라 살뜰하여도
창공으로 날아오르는 것은 없고
집으로 가는 길에 부모와 자식들은
양평해장국에 밥을 말고
멀리 있는 사람에게 타전

이모, 엄마에게 다녀오는 길이어요
다음 명절에는 꼭 찾아뵐게요

어린 자식들은
디지털 문명에서 눈을 떼지 못하고
부모가 된다는 것은
해장국 한그릇을 뚝딱한다는 것

평생 자식 볼 일 없어
부모 마음 알 리 없는 자식은 또
부모에게 전화해 한다는 소리가
어젯밤 꿈에 이모가 나와서
별일 없으시지요
부모 멍하니 창밖을 보며
갈 때를 생각하고
이모의 자식들에게 전화해 한다는 소리가
니 엄마 불쌍한 줄 알고 잘 살아
자식들이 멍하니 창밖을 보며
가야 할 곳을 생각하고 한다는 소리가
여보, 남편 저녁에는 명태조림 해 먹읍시다
이모, 잘 계시지요

초당순두부 한봉을 뜯어
건더기도 없고 간도 없이 끓여놓고
진간장에 다진 마늘 깨소금 대파 고춧가루 한꼬집
자식이 된다는 것은 그 모든 걸 만들어놓은 후에
부모에게 묻는 것

순두부 양념간장은 어떻게 만들어야 할까요?

자두나무 아래 잠든 사람

눈이 와
자두나무 아래 잠든 사람이 있었다

눈이 와
사람이 보이지 않게 되었다

눈이 와
눈 속에서 사람은 얼어 죽지 않고 따뜻했다

눈이 와
그 사람은 꿈을 꾸었다

눈이 와
꿈은 죽은 어머니 같고 죽은 아버지 같고

눈이 와
꿈은 찢겨 죽은 누이 같고 구멍이 나 죽은 오빠 같고

눈이 와

꿈은 방패 같고 철모 같고 물결 같고 흰 꽃 같고

눈이 와
꿈은 삼등 선실 승객 같고 물에 빠져 죽은 아이들 같고 거리의 부랑아들 같고

눈이 와
꿈은 낡은 여행가방 같고 수면에 뜬 운동화 같고 그슬린 개털 같고

눈이 와
꿈은 말해지지 않는 역사 같고 숨어버린 진실 같고 구전되지 않는 평화 같았다

눈이 와
한쌍의 연인이 그곳에서 눈싸움을 하다 천천히 생명을 만들어갔다

눈이 와

붉은 코를 가진 주정뱅이 하나가 술병을 떨어뜨리고 사라
졌다

눈이 와
사랑과 전쟁에 대한 시집 가운데 눈송이를 넣어 가는 눈
이 큰 이가 있었다

눈이 와
수레바퀴 자국

눈이 와
나귀 한마리가 그 위에 검은 똥을 놓고 갔다

눈이 와
옛날 사람들의 발자국 위에 현대인들의 발자국 위에 살아
있는 이들의 발자국 위에 죽은 자들의 발자국이 있었다

눈이 와
늙은 농부의 발자국 위에 탄부의 아들이었던 이의 발자국

위에 노래하는 고아의 발자국 위에 주먹을 쥔 청소노동자들
의 발자국 위에 고공농성 중인 이들의 발자국 위에 용역 깡
패들의 발자국 위에 낭독회에 가는 이들의 발자국 위에 불
이 켜졌다

　눈이 와
　조국과 민족의 무궁한 영광을 위하여, 구호들이 유령처럼
떠돌고 먹고살던 이들이 하나둘 사라졌다

　눈이 와
　마음을 아프게 한 사람과 가슴을 아프게 한 사람이 자신
을 향해 칼을 들고 서 있었다

　눈이 와
　독재자의 딸은 책상을 내리치고 서랍에서 민주주의를 꺼
내는 사람이 있었다

　눈이 와
　속기사는 말하는 자의 입술을 놓치지 않고 현대사를 기록

하였다

눈이 와
눈은 녹고 자두나무 아래 잠든 사람이 떠올랐다

눈이 와
4월의 봄이었고

눈이 와
사람들이 자두나무 아래에서 검은 악기를 발굴하여 연주
하였다

눈이 와
음악을 들은 조상들이 지상으로 내려앉고 지상의 얼굴들
이 물속으로 얼굴을 내밀었다

눈이 와
뼈만 남은 사람이 천천히 일어나 자신의 갈비뼈를 하나
떼어 돌로 두드렸다

눈이 와

뾰족해진 것으로 자두나무 아래 잠들었던 남자가 자두나
무에 끝없는 대화를 기록해두었다

눈이 와

단 하나의 모든 문장은 여기 사람이 있었다

눈이 와

자두나무 아래 잠든 이가 점점 썩어갔다 새하얀 치아를
두고

눈이 와

땅은 점점 더 비옥해지고 자두나무에서는 흰 꽃이 피고

눈이 와

자두나무의 좌파에서는 빨간 자두가 열리고

눈이 와

한 사내가 그 자두를 따 한 사내에게 건네주며 고백하고

눈이 와
두 소녀가 자두를 한입씩 베어 물고 사춘기에 입을 맞추고

눈이 와
기억을 잃은 아내의 손을 열고 자두 한알을 꼭 넣어주는
아내가 있고

눈이 와
두 눈을 잃은 남편의 두 눈에 자두나무 잎을 올려주는 남
편이 있고

눈이 와
한그루 자유의 나무가 되렴 자두나무 아래 은박 돗자리를
까는 조합원들이 있고

눈이 와
망각으로부터 실형을 선고받은 독재자와 그의 군대가 고

개를 들지 못하고

눈이 와
아군과 적군의 가슴에 투명한 젖가슴이 생겨나 그들을 영원히 그들의 살인과 겁탈에 속박시키고

눈이 와
힘없는 자의 낭독 소리가 용역들을 진실의 벙어리로 만들어버리고

눈이 와
수레를 벗어난 나귀 두마리가 죽은 새끼를 입에 물고 인간이라는 축사를 부수었다

눈이 와
투석꾼의 맑은 침과 포도주가 아래로 스미고

눈이 와
자두나무 아래 잠든 이의 촛불이 땅으로 꺼졌다

눈이 와
날이 저물고

밤이 와
자두나무 한그루가 저벅저벅 또다른 사람을 향해 걸어갔다

아침이 와
그 자신이 뿌리내릴 공간과 시간을 찾아서

두려움 없는 사랑

약속한 시간이 되었습니다
손을 놓고
마음을 정리한 후에 이불을 덮어주고
기다리는 것으로 인생은 정리되기도 합니다

어제였던가요?
당신이

꿈나라에서 데리고 온 작은 개를
언덕도 없고 레몬나무도 없는 배 위에 올려두고
노래를 불러주었습니다

바다가 넓어 건널 수 없어요
배 한척을 주세요
두 사람이 탈 수 있는 배를
둘이 노 저어 갈게요 내 사랑과 내가

작은 개가 뭘 안다고 컹컹 짖고
나는 물러나서

당신 맨발에 코를 문지르다가
어제였던가요?

박근혜 대통령이
내가 이러려고 대통령을 했나 자괴감이 든다고 했어
말해주자 당신이 여느 때보다 더 크게 웃다가 그만
오줌을 쌌지요
그렇게 다시 당신이 뜨거운 사람이라는 걸 알았습니다
살아 있다는 것을요

바다에 간 적도 있잖아
뽀송뽀송한 새 바지를 입고서
광어회를 먹으며 불꽃놀이를 보는데
너무 가까워서
순식간이라는 걸 알아버렸지
산다는 건 당신이 말했지요

계절은 한철 밤은 길어지고
겨울 들판에 나가 수박을 구해 오는 사람이 있고

218

그걸 먹고 병이 나아서

남자와 남자는 오래오래 행복하게 살았습니다

여름도 아닌데 불꽃놀이는 무슨

말하다가도 불꽃을 올려다보고 감탄하고 마는

짧은 시절

우리는 매운탕까지 다 먹고 일어나

숙박하러 가서

서로 등을 긁어준 후에

작은 개의 작은 삶을 이야기하다가 잠이 들었잖아

그런 사정도 있다고

어제였던가요?

이제는 앉지도 서지도 못하는 당신 머리맡에

과일나무를 두었는데

당신이 슬픔의 꽈리고추를 씹은 사람처럼

세상에 없는 무시무시한 말을 했습니다

꽃말이 생각났지 뭐예요

성실한 사랑

당신이 나에게 가장 성실했던 사람입니다
나는 당신에게 가장 성실했던 사람일까요?

당신이 성실한 사랑의 냄새를 맡고 싶다고 해서
제가 당신 손을 꼭 잡아주었는데
이 짧은 걸 하려고 사람은 오래도 사는구나
과일나무에 달린 과일을 죄 따서
저 혼자 다 먹었습니다
당신의 코를 깨물었고요 당신은 냄새를 맡았을까요
매운 걸 잘 못 먹는 당신에게
매운 걸 주었다가 울어버린 기억이 났습니다
울음은 언제나 가까이 있어서
달려듭니다

작은 개는 그런 걸 보나보죠?
나는 다가가서 그런 걸 보고 있는 걸 보는 당신을 보고
손을 바로 잡고
컹컹 짖었죠

나는 작은 개랍니다
꿈나라에서 들어본 적이 있는 노래를 기다렸어요
당신 마음대로 하세요

바다로 나아가는 사랑이 있네요
짐이 가득하지만
그 사랑은 깊어요
가라앉지 않아요
나는 알 수 있어요

어제였나요?
마음의 준비를 하라는 말을 듣고
당신 배 위로 갔잖아요
우리 노를 저어 가요
넓은 바다로
두려움 없는 곳으로

우리도 그 사랑 속에 있었던 것일까

강성은

　얼마 전 현이 우리 집에 왔다. 형광등을 갈려고 현을 불렀다. 형광등 정도는 나도 갈 수 있지만 우리 집 형광등은 무거운 유리관 속에 들어 있어서 유리관을 해체하고 끼우는 건 도저히 혼자서 할 수 없었다. 몇개월 동안 형광등이 하나씩 나가서 차츰 더 어두워지는 집에 있다가 현을 불렀다.

　나 오늘 성은 누나네 집에 형광등 갈러 가, 라고 말하자 짝꿍이 형광등을 가는데 널 불렀다고?라고 말해서 둘이 웃었다는 얘기를 듣고 다시 우리 둘이 크게 웃었다. 둘 다 체구도 작고 힘도 잘 못 쓰지만 함께 사부작사부작 방마다 돌아다니며 형광등을 갈았다.

　형광등을 갈고 환해진 불빛 아래서 떡볶이와 순대와 맥주를 먹고 「팬텀싱어」를 돌려 보았다. 세상에 아름다운 게 너무 많아! 하며.

한때 현과 나는 자주 행복이라는 말과 평화라는 말을 주고받았다. 내년엔 지금처럼 살지 말자, 일도 덜 하고 잠도 많이 자자, 즐거운 일을 하고 맛있는 걸 먹으러 다니자, 누구나 자신의 행복과 삶의 평화가 가장 중요하다, 이런 말들. 그때 우리가 행복이라는 말을 자주 입에 올렸던 것은 행복에서 멀어져 있다고 느꼈기 때문일 텐데 지금도 그 시간을 떠올리면 우리가 주고받은 힘없는 분노와 중얼거림이 떠오르고 안개 속에서 길을 잃은 것처럼 막막한 심정이 되곤 한다.

금요일 저녁이었습니다
퇴근하고 집으로 돌아와 깜박
잠이 들었습니다

꿈은 참 길지요

어제는 치킨뱅이에서 회식을 하였는데
이사님을 향한 나의
손가락 하트
노래방에서 갑자기 늙어버렸다는 생각
택시를 탔다가 내렸다가
신발을 잃어버렸습니다

말수가 적어졌지요

당신은
목욕하고
내게 꿈 깨라 하지 않고
앞니가 아파서 먹을 수 없는 것과 먹을 수 있는 것을 들
려주고
밥통에 밥이 다 말라서 먹을 수 없다 하였습니다

우린 아직 젊고
버려질 수 없기에
당신의 앞니를 걱정했습니다

일어나
당신과 마트에 가서 밥 사 먹고
매대에 놓인 팬티를 사서 커플 팬티로 삼자
순두부와 가자미와 영양부추를 사 왔지요

남자들에게도
평범한 행복이란 이런 것이고

잠들기 전까지
나는 유대인이었고 그는 동성애자였다

옛날 소설을 읽어야지 하다가
우리 섹스 할까 말했습니다
눈에 보이지 않아도 금이 간 건 깨지기 마련

초복은 내일모레이고
당신은 삼계탕도 먹을 수 없는데
그제야 서울은 장마권에 들고
가는 빗방울이
밤의 실금처럼 보였습니다

힘없는 당신에게
어젠 아무 일도 없었습니다

이불 속에서 나는
성소수자 부모 모임에 관해 조잘거리고
당신의 힘을 기다리다가
꾸벅꾸벅 꿈이 들이쳐서
창을 닫고 잠이 들었습니다

멀리 있나요
거긴 괜찮나요

이곳에서는

백순두부탕이 끓고
밀가루 묻힌 가자미를 기름에 지지는 소리
부추에 멸치액젓 한 큰 스푼 고춧가루 약간 설탕 조금

좋은 시절은 다 갔다고 말해도
당신의 무사한 앞니가
오늘날 가장 큰 소망입니다

　　　　　　　　　　　　　　　　　　—「가장 큰 행복」 전문

　당신과 마트에 가서 밥을 사 먹고 순부두와 가자미와 영
양부추를 사고 매대에서 할인하는 속옷을 사서 커플 팬티를
하자고 말하는 순간들. 영화에 나오는 일상의 장면처럼 평
화로워 보인다. 그런데 그 평화로운 순간에도 어젯밤 회식
후 노래방에서 노래를 부르다 갑자기 늙어버렸다는 사실을
깨닫는 나와 신발을 잃어버린 내가 아직도 맨발로 집으로
돌아오고 있다. 유대인이자 동성애자라는 말과 성소수자의
부모라는 말과 버려질 수 없는 젊음이라는 말들을 생각하고
이가 아파 먹지 못하는 당신을 걱정하는 사람. 시인이 인식
의 모험을 하는 동안 생활인은 생활 속에서 모험하고 투쟁
하고 사랑하고 걱정하고 잠든다. 꿈은 참 길다. 그러나 그의
생활에 소소한 행복의 순간들이 있다고 해서 자신이 행복한
사람이라는 믿음이 항구적으로 지속되진 않는다. 그때 김현
이 떠올린 것은 부모의 사랑이었는지도 모르겠다고 시집을

읽으며 생각했다.

눈이 하염없이 오는
전형 속에서
두 노인은 손을 잡고 앞으로 나아갑니다

뒤에 남겨진 자식들이
먹어야 할 양식을 축내지 않기 위해

이것은 과거겠습니까 미래겠습니까

남겨진 딸과 그 딸의 아내가
집 안의 모든 빛을 밝힌 가운데
부모가 걸어갔을 방향을
지도에 표시해보는 겁니다

——「우리의 불」부분

눈이 하염없이 내리는 전형 속을 두 노인이 손을 잡고 나아간다. 남겨진 자식들이 먹어야 할 양식을 축내지 않기 위해. 남겨진 딸과 딸의 아내는 어둠 속에서 불을 밝히고 부모가 걸어갔을 방향을 지도에 표시해본다. 언젠가 그들은 부모가 걸어갔던 길 위에서 떠올릴 것이다. 부모가 손잡고 나아가던 과거의 어느날과 두고 온 자식들이 살아갈 미래의 어느날, 눈이 하염없이 내리는 어느날. 이렇게 막막하고 황량한 풍경이 뜨겁게 다가오는 것은 지나간 미래가 곧 도래할 것을 알기 때문이다.

김현의 이번 시집에서 가장 인상 깊었던 것은 부모의 존재다. 세상에서 가장 오래되고 성실한 사랑, 그 사랑을 가늠해보며 그 사랑에 의지해 버틸 수 있는 시간들이 분명히 있음을 알기에 각별하게 와닿는 시들이 있었다.

> 초당순두부 한봉을 뜯어
> 건더기도 없고 간도 없이 끓여놓고
> 진간장에 다진 마늘 깨소금 대파 고춧가루 한꼬집
> 자식이 된다는 것은 그 모든 걸 만들어놓은 후에
> 부모에게 묻는 것
>
> 순두부 양념간장은 어떻게 만들어야 할까요?
> ——「부모의 여자 형제를 부르는 말」 부분

나는 두부부침도 인터넷 레시피를 보고 배운 사람이라 두부를 2~3센티미터 정도 두툼하게 잘라 키친타월에 닦고 소금을 뿌려둔 후에 부추를 섞은 계란물에 입혀 약한 불에 굽는 사람이다. 그래서 몇번 구워보고는 번거로워 두부부침을 해 먹지 않았다. 한데 얼마 전 현이 두부를 잘라서 아무것도 하지 말고 들기름에 구우면 얼마나 고소한데?라고 해서 한번 해봤더니 너무 쉬워서 두달째 매일 먹고 있다. 과연 맛있다. 현이 말로만 음식을 설명해도 맛있는 냄새가 솔솔 난다.

부모와 음식은 나란히 따뜻하고 힘이 있다. 소형 아파트에서 달걀 세알을 풀어 만든 계란찜도 사랑을 나누며 먹던 통닭도 백순두부탕과 명태조림과 도다리쑥국도, 앵두를 사서 앵두주를 만드는 사람에게도 "술안주로 문어발과 번데기 통조림을 사다"(「떠 있는 것들에 관하여」) 주는 사람에게도 "겨울 들판에 나가 수박을 구해 오는 사람"(「두려움 없는 사랑」)에게도 힘이 있다. "쑥이 좋을 때니 먹고 힘내라"(「좋은 시절」)라는 부모의 말과 "순두부 양념간장은 어떻게 만들어야 할까요?"라고 묻는 자식의 말도, "맛있는 걸 먹으러 다니자"라고 우리가 나누었던 다짐도 결국 힘을 내라는 말의 다른 표현이었을 것이다.

김현의 세번째 시집 전반에 걸쳐 등장하는 부모는 실재하는 그의 부모이기도 할 테지만 더 큰 사랑에 관한 은유이기도 하다. 우리가 아는 사랑의 차원을 넘어서는, 우리가 가진 언어로는 크기를 가늠할 수 없는 커다란 사랑. 탄생과 동시에 인간이 상속받게 되는 사랑이라는 유산. 그 사랑에 대한 믿음.

인간이 살면서 받을 수 있는 사랑의 총량은 얼마일까. 인간이 살면서 줄 수 있는 사랑의 총량은 얼마일까. 김현의 시를 읽으며 문득 궁금해졌다. 나는 지금 얼마나 받고 얼마나

주고 있는가. 내가 죽음을 떠올릴 정도로 삶이 힘들 때에도 나는 사랑을 받고 있는 것인가. 내가 사랑을 받고 있다고 느 낀다면 내 삶이 달라지는 것일까. 우리가 자주 행복을 말해 야만 했을 때에도 우리가 이제 행복이라는 말을 하지 않아 도 되었을 때에도 우리는 그 사랑 속에 있었던 것일까.

오늘 밤 우리의 사랑은
열에 아홉 손가락질당할지라도

—「생선과 살구」 부분

어디선가 누군가는 여전히 열에 아홉은 손가락질당하는 사랑을 하고 있을 것이다. 그럼에도 열에 하나를 지키기 위 해, 열에 하나가 되고자 김현의 시는 존재한다.

새들이 날아왔다 지저귀었다
어릿광대를 보내주오
작은 개들이 슬픈 노래는 싫어
짖자
새들은 캄캄한 밤이 되어 내려앉았다
잠든 길고양이들이 갸릉갸릉
노인이 나와
김이 모락모락 피어오르는 음식을
한접시를

작은 개들 앞에 두었다
가난한 연인들처럼 둘은
면과 면에 밴 소스와 토마토 껍질을
차례대로 음미하며
세상에 둘도 없는 스파게티를 먹었다

───「Bon appétit」 부분

작은 개들이 노인이 주는 스파게티를 먹는 이 장면이야말로 가장 아름다운 사랑의 얼굴이다. 미래인 듯 과거인 듯 현재인 이야기 속에서 형들의 사랑은 언니들의 사랑이 되고, 언니들의 사랑은 노부부의 사랑이 되고, 노부부의 사랑은 자식들의 사랑이 되는 마법의 주문서 같다. 사랑의 얼굴은 증폭되고 전염되고 비 내리게 하고 눈 맞게 하고 음악이 되고 함께 울게 하고 어디론가 건너가게 한다.

김현은 살면서 내가 만난 사람들 가운데 가장 에너지가 넘치는 사람이다. 부모님이 주신 이름 덕분에 현(炫)은 그토록 밝은 사람이 된 것일까. 그의 밝음 때문에 내 어둠이 잠시 달아나는 순간들이 있었다. 그와 손잡자 혼자라면 감당할 수 없었을 일들을 함께하게 되었다. 마치 E.T.와 손가락이 닿자 모험이 시작된 아이처럼. 외계가 밀려들어왔다. 두려움 없이 열에 하나가 되고 작은 개가 되고 두려움 없이 눈 속을 헤치며 21세기를 통과하고 있다. 끝나지 않을 것만 같은, 앞이 보이지 않는 폭설 속에서 옆을 돌아보았더니 여전히 손을 잡고 있는 내 친구 현이 있었다. 그토록 충만한 사랑의 얼굴을 하고. 호시절이다.

　　터무니없게도
　　딱 한번 고개를 돌렸을 뿐인데

　　한 사람이 마침
　　나를 보게 되고

　　　　　　　　　──「눈앞에서 시간은 사라지고
　　　　　　그때 우리의 얼굴은 얇고 투명해져서」 부분

　　　　　　　　　　　　　　姜聖恩 | 시인

어떻게들 지내시나요?

지난 주말 저는 차게 식힌 멸치다시육수에 삶은 소면을 적셔 먹으며 「봄비」라는 시를 썼습니다. 고향에서 푸성귀를 가꾸며 사는 부모를 떠올리며 아렴풋이 잠이 들었는데, 감실감실 꿈이 참 길었습니다.

깨는 건 한순간.

누구에게나 좋은 시절이 있다고 믿으면 다정한 사람이 되고 싶어서 아양을 떨었습니다. 그런데도 부모에게는 좀처럼 곁을 주지 않았습니다. 부모는 개를 아끼고.

자식이 부모를, 부모가 자식을 벌하며 살다가도 누군가 먼저 떠나면 크게 울고 만다는 사실이 이 시집에는 담겨 있습니다.

잘들 쓸쓸하세요.

2020년 여름, 빛
김현

창비시선 447

호시절

초판 1쇄 발행 / 2020년 8월 10일
초판 3쇄 발행 / 2021년 2월 23일

지은이 / 김현
펴낸이 / 강일우
책임편집 / 김선영 박문수
조판 / 한향림
펴낸곳 / (주)창비
등록 / 1986년 8월 5일 제85호
주소 / 10881 경기도 파주시 회동길 184
전화 / 031-955-3333
팩시밀리 / 영업 031-955-3399 편집 031-955-3400
홈페이지 / www.changbi.com
전자우편 / lit@changbi.com

ⓒ 김현 2020
ISBN 978-89-364-2447-3 03810